RACINE

ANDROMAQUE

TRAGÉDIE

TEXTE INTÉGRAL

Classiques Hachette

Texte conforme à l'édition des Grands Écrivains de la France.

Notes explicatives, questionnaires, bilans, documents et parcours thématique

établis par

Pierre DONNET,
Professeur certifié de Lettres classiques.

Couverture : Laurent Carré

© HACHETTE LIVRE 2005, 43, quai de Grenelle 75905 Paris Cedex 15

ISBN : 978-2-01-169302-0

www.hachette-education.com

SOMMAIRE

Jean Racine.
Gravé par J. Daullé Gr. du Roy 1762.

Le 17 novembre 1667, dans l'appartement de la Reine, au Louvre, en présence du Roi et de la Cour, les comédiens de l'Hôtel de Bourgogne jouent Andromaque. Cette troisième pièce de Racine va connaître un triomphe : Madame de Sévigné y pleure «plus de six larmes» et Charles Perrault écrira dans les Hommes illustres : «Cette tragédie fit le même bruit à peu près que Le Cid lorsqu'il fut représenté.»

Racine va avoir vingt-huit ans. L'ancien élève des Solitaires de Port-Royal, très tôt avide de réussite, a choisi en 1664 la poésie dramatique pour plaire et accéder à la gloire. Sa première pièce, La Thébaïde, imite Corneille. En 1665, la seconde, Alexandre, mêle cette fois héroïsme et galanterie. La troupe de Molière la joue, avec grand succès. Racine, sans l'en avertir, lui retire la pièce pour la confier à la troupe de l'Hôtel de Bourgogne qui excelle dans le registre tragique. L'un de ses anciens maîtres, Nicole, ayant écrit qu'«un poète de théâtre est un empoisonneur public, non des corps, mais des âmes [...], coupable d'une infinité d'homicides spirituels», Racine réplique violemment, consommant la rupture avec Port-Royal. Enfin, la comédienne Thérèse Du Parc, «étoile» fort courtisée, quitte, en 1667, Molière et sa troupe pour rejoindre celle de l'Hôtel de Bourgogne ; Racine va l'aimer passionnément.

Ainsi naît Andromaque. Premier chef-d'œuvre, aussitôt reconnue malgré (ou grâce à) une vive querelle comme un modèle de tragédie, Andromaque présente toutes les caractéristiques des tragédies à venir de Racine : des personnages entraînés par le destin y vivent des passions qui les aveuglent, les opposent et les déchirent.

ANDROMAQUE DANS L'ÉVOLUTION DE LA TRAGÉDIE AU XVIIe SIÈCLE

La tragédie : héritière de la conception du XVIe siècle (Garnier): elle représente de façon statique une action réduite : des personnages de haut rang attendent une inévitable catastrophe ; tirades éloquentes, lamentations lyriques (Montchrétien : 1575-1631, Jean de Schélandre : 1584-1635). Ce genre vit une grave crise vers 1620-1630.

→

La tragi-comédie : marquée par le goût baroque du mouvement, de la liberté, du pathétique ; peu soucieuse de règles, elle mélange les genres et satisfait à la mode du romanesque et de la galanterie (Hardy, 1570-1631).

↓

La tragédie héroïque : face à la liberté, à la profusion et au désordre baroques, s'imposent progressivement :
- le respect de la règle des unités (lieu, action, temps),
- la séparation des genres,
- le goût pour la grandeur, le sublime des personnages héroïques, d' « âmes bien nées », de « généreux », maîtres de leur destin, visant à susciter l'admiration du public (Corneille : *Le Cid*, 1636 ; *Cinna*, 1642).

↓

La tragédie racinienne : marqué sans doute par son éducation janséniste et le spectacle de la Cour, Racine rejette l'héroïsme et la tendresse pour faire apparaître, sur la scène, la vérité psychologique nue de la nature humaine et la violence funeste des passions.
Il ne s'agit plus de susciter l'admiration mais la terreur et la compassion : les héros sont « démolis » et livrés, impuissants, au destin.
Les règles sont strictement observées (*Andromaque*, 1667 ; *Britannicus*, 1669 ; *Bérénice*, 1670 ; *Bajazet*, 1672 ; *Iphigénie*, 1674 ; *Phèdre*, 1677).

Le succès d'Andromaque ne s'est pas démenti avec le temps : c'est, depuis sa création, avec Phèdre et Britannicus, la tragédie de Racine la plus jouée. Certes, c'est une pièce ancrée dans son époque. On peut chercher à éclairer sa genèse dans l'éducation janséniste de Racine qui lui dicte sa négation de la grandeur orgueilleuse, de l'héroïsme optimiste. Mais c'est également une pièce qui rompt avec son époque et la dépasse. Même s'il sacrifie parfois encore au goût pour une galanterie un peu mièvre, Racine montre aux lecteurs des romans d'alors que l'amour ne peut pas rendre heureux.

En empruntant ses personnages à une Antiquité historique mais surtout mythique, il s'élève ainsi à une interrogation intemporelle sur la condition humaine : chacun des personnages d'Andromaque n'est au fond qu'un « moment de sa race », porte son destin en lui-même : péché originel chrétien ou obscur déterminisme ?

Andromaque devient alors une tragédie – la tragédie – de l'impuissance de l'homme à maîtriser son destin, de la guerre, de « l'insatisfaction et du ressentiment », de la passion qui égare, du malentendu, de la solitude. Le spectateur y regarde sa propre misère, dite, chantée avec une poésie si pure, si « transparente » que tous les langages critiques s'y exercent, que les regards des psychanalystes, biographes, sociologues, psychologues, la fouillent sans relâche. Mais, en définitive, c'est aux lecteurs-spectateurs qu'elle appartient, à ceux « qui ont des yeux pour découvrir dans la lecture tout le jeu du théâtre », écrivait Molière, en 1666, dans : « Au lecteur » de L'Amour médecin.

ANDROMAQVE

ANDROMAQVE,

TRAGEDIE.

A PARIS,

Chez THEODORE GIRARD, dans la grand' Salle du Palais, du costé de la Cour des Aydes, à l'Enuie.

M. DC. LXVIII.

AVEC PRIVILEGE DV ROY.

DÉDICACE DE RACINE À MADAME[1]

MADAME,

Ce n'est pas sans sujet que je mets votre illustre nom à la tête de cet ouvrage. Et de quel autre nom pourrais-je éblouir les yeux de mes lecteurs, que de celui dont mes spectateurs ont été si heureusement éblouis? On savait que VOTRE ALTESSE ROYALE avait daigné prendre soin de la conduite de ma tragédie. On savait que vous m'aviez prêté quelques-unes de vos lumières pour y ajouter de nouveaux ornements. On savait enfin que vous l'aviez honorée de quelques larmes dès la première lecture que je vous en fis. Pardonnez-moi, MADAME, si j'ose me vanter de cet heureux commencement de sa destinée. Il me console bien glorieusement de la dureté de ceux qui ne voudraient pas s'en laisser toucher. Je leur permets de condamner l'*Andromaque* tant qu'ils voudront, pourvu qu'il me soit permis d'appeler de toutes les subtilités de leur esprit au cœur de VOTRE ALTESSE ROYALE.

Mais, MADAME, ce n'est pas seulement du cœur[2] que vous jugez de la bonté d'un ouvrage, c'est avec une intelligence qu'aucune fausse lueur ne saurait tromper. Pouvons-nous mettre sur la scène une histoire que vous ne possédiez aussi bien que nous? Pouvons-nous faire jouer une intrigue dont vous ne pénétriez tous les ressorts? Et pouvons-nous concevoir des sentiments si nobles et si délicats qui ne soient infiniment au-dessous de la noblesse et de la délicatesse de vos pensées?

---

1. *Madame* : femme de Monsieur, Philippe duc d'Orléans, frère du roi Louis XIV.
2. *du cœur* : avec le cœur.

On sait, MADAME, et VOTRE ALTESSE ROYALE a beau s'en cacher, que dans ce haut degré de gloire où la nature et la fortune ont pris plaisir de vous élever, vous ne dédaignez pas cette gloire obscure que les gens de lettres s'étaient réservée. Et il semble que vous ayez voulu avoir autant d'avantage sur notre sexe par les connaissances et par la solidité de votre esprit, que vous excellez dans le vôtre par toutes les grâces qui vous environnent. La cour vous regarde comme l'arbitre de tout ce qui se fait d'agréable. Et nous, qui travaillons pour plaire au public, nous n'avons plus que faire de demander aux savants si nous travaillons selon les règles[1]. La règle souveraine est de plaire à VOTRE ALTESSE ROYALE.

Voilà sans doute la moindre de vos excellentes qualités. Mais, MADAME, c'est la seule dont j'ai pu parler avec quelque connaissance : les autres sont trop élevées au-dessus de moi. Je n'en puis parler sans les rabaisser par la faiblesse de mes pensées, et sans sortir de la profonde vénération avec laquelle je suis,

MADAME,

DE VOTRE ALTESSE ROYALE

Le très humble, très obéissant
et très fidèle serviteur,

RACINE.

1. *règles* : il s'agit des trois unités : de temps, de lieu et d'action.

PREMIÈRE PRÉFACE DE RACINE

[1668 et 1673]

VIRGILE AU TROISIÈME LIVRE DE L'*ÉNÉIDE*[1]

C'est Énée qui parle.

Litoraque Epiri legimus, portuque subimus
Chaonio, et celsam Buthroti ascendimus urbem...
Solemnes tum forte dapes et tristia dona...
Libabat cineri Andromache, Manesque vocabat
Hectoreum ad tumulum, viridi quem cespite inanem,
Et geminas, causam lacrimis, sacraverat aras...
Dejecit vultum, et demissa voce locuta est :
«O felix una ante alias Priameïa virgo,
Hostilem ad tumulum, Trojæ sub mœnibus altis,
Jussa mori! quæ sortitus non pertulit ullos,
Nec victoris heri tetigit captiva cubile.
Nos, patria incensa, diversa per æquora vectæ,
Stirpis Achilleæ fastus, juvenemque superbum,

---

1. III, v. 292-293, 301, 303-305, 320-328, 330-332 : «Nous longeons les côtes d'Épire, nous entrons dans le port de la Chaonie et nous montons vers les hauteurs de la ville de Buthrote [...]. Ce jour-là justement, Andromaque présentait en libation aux cendres d'Hector un sacrifice et des offrandes funèbres, et elle invoquait ses Mânes près de son tombeau vide, couvert d'un vert gazon, et des deux autels qu'elle avait consacrés; elle y versait des larmes [...] Elle baissa les yeux et dit à voix basse : Ô heureuse entre toutes, la vierge, fille de Priam, qui fut condamnée à mourir sur le tombeau d'un ennemi, sous les hautes murailles de Troie! Elle n'eut à subir aucun partage par le sort, et n'entra point, captive, dans le lit du vainqueur, son maître. Mais nous, une fois notre patrie brûlée, transportée sur des mers lointaines, nous avons subi l'orgueil du fils d'Achille, sa morgue juvénile; nous avons enfanté dans la servitude; et il s'est ensuite entiché d'Hermione, de la race de Léda, jusqu'à l'épouser, cette Lacédémonienne. [...]. Alors Oreste, enflammé d'un violent amour pour la fiancée qu'on lui arrachait et harcelé par les Furies vengeresses des crimes, surprend Pyrrhus qui ne se méfiait pas et l'égorge devant les autels paternels.»

Servitio enixæ, tulimus, qui deinde secutus
Ledæam Hermionem, Lacedæmoniosque hymenæos...
Ast illum, ereptæ magno inflammatus amore
Conjugis, et scelerum Furiis agitatus, Orestes
Excipit incautum, patriasque obtruncat ad aras.»

Voilà, en peu de vers, tout le sujet de cette tragédie. Voilà le lieu de la scène, l'action qui s'y passe, les quatre principaux acteurs, et même leurs caractères. Excepté celui d'Hermione, dont la jalousie et les emportements sont assez marqués dans l'*Andromaque* d'Euripide.

Mais véritablement mes personnages sont si fameux dans l'Antiquité que, pour peu qu'on la connaisse, on verra fort bien que je les ai rendus tels que les anciens poètes nous les ont donnés. Aussi n'ai-je pas pensé qu'il me fût permis de rien changer à leurs mœurs. Toute la liberté que j'ai prise, ç'a été d'adoucir un peu la férocité de Pyrrhus, que Sénèque, dans sa *Troade,* et Virgile, dans le second[1] de l'*Énéide,* ont poussée beaucoup plus loin que je n'ai cru le devoir faire.

Encore s'est-il trouvé des gens qui se sont plaints qu'il s'emportât contre Andromaque, et qu'il voulût épouser cette captive à quelque prix que ce fût. J'avoue qu'il n'est pas assez résigné à la volonté de sa maîtresse et que Céladon a mieux connu que lui le parfait amour. Mais que faire? Pyrrhus n'avait pas lu nos romans. Il était violent de son naturel. Et tous les héros ne sont pas faits pour être des Céladons. Quoi qu'il en soit, le public m'a été trop favorable pour m'embarrasser[2] du chagrin particulier de deux ou trois personnes qui voudraient qu'on réformât tous les héros de l'Antiquité pour en faire des héros parfaits. Je trouve leur intention fort bonne de vouloir qu'on ne mette sur la scène que des hommes impeccables. Mais je les prie de se souvenir que ce n'est

---

1. *le second* : le second livre.
2. *pour m'embarrasser* : pour que je m'embarrasse.

pas à moi de changer les règles du théâtre. Horace nous recommande de dépeindre Achille farouche, inexorable, violent, tel qu'il était, et tel qu'on dépeint son fils. Et Aristote, bien éloigné de nous demander des héros parfaits, veut au contraire que les personnages tragiques, c'est-à-dire ceux dont le malheur fait la catastrophe[1] de la tragédie, ne soient ni tout à fait bons, ni tout à fait méchants. Il ne veut pas qu'ils soient extrêmement bons, parce que la punition d'un homme de bien exciterait plutôt l'indignation que la pitié du spectateur; ni qu'ils soient méchants avec excès, parce qu'on n'a point pitié d'un scélérat. Il faut donc qu'ils aient une bonté médiocre[2], c'est-à-dire une vertu capable de faiblesse, et qu'ils tombent dans le malheur par quelque faute qui les fasse plaindre sans les faire détester.

1. *la catastrophe* : le dénouement.
2. *médiocre* : moyenne (au sens latin : c'est-à-dire sans valeur péjorative).

SECONDE PRÉFACE DE RACINE

[1676]

VIRGILE AU TROISIÈME LIVRE DE L'*ÉNÉIDE*

C'est Énée qui parle.

Litoraque Epiri legimus, portuque subimus
Chaonio, et celsam Buthroti ascendimus urbem...
Solemnes tum forte dapes et tristia dona...
Libabat cineri Andromache, Manesque vocabat
Hectoreum ad tumulum, viridi quem cespite inanem,
Et geminas, causam lacrimis, sacraverat aras...
Dejecit vultum, et demissa voce locuta est :
«O felix una ante alias Priameïa virgo,
Hostilem ad tumulum, Trojæ sub mœnibus altis,
Jussa mori! quæ sortitus non pertulit ullos,
Nec victoris heri tetigit captiva cubile.
Nos, patria incensa, diversa per æquora vectæ
Stirpis Achilleæ fastus, juvenemque superbum,
Servitio enixæ, tulimus, qui deinde secutus
Ledæam Hermionem, Lacedæmoniosque hymenæos...
Ast illum, ereptæ magno inflammatus amore
Conjugis, et scelerum Furiis agitatus, Orestes
Excipit incautum, patriasque obtruncat ad aras.»

Voilà, en peu de vers, tout le sujet de cette tragédie. Voilà le lieu de la scène, l'action qui s'y passe, les quatre principaux acteurs, et même leurs caractères. Excepté celui d'Hermione, dont la jalousie et les emportements sont assez marqués dans l'*Andromaque* d'Euripide.

C'est presque la seule chose que j'emprunte ici de cet auteur. Car, quoique ma tragédie porte le même nom que la sienne, le sujet en est pourtant très différent.

Andromaque, dans Euripide, craint pour la vie de Molossus, qui est un fils qu'elle a eu de Pyrrhus et qu'Hermione veut faire mourir avec sa mère. Mais ici il ne s'agit point de Molossus. Andromaque ne connaît point d'autre mari qu'Hector, ni d'autre fils qu'Astyanax. J'ai cru en cela me conformer à l'idée que nous avons maintenant de cette princesse. La plupart de ceux qui ont entendu parler d'Andromaque ne la connaissent guère que pour la veuve d'Hector et pour la mère d'Astyanax. On ne croit point qu'elle doive aimer ni un autre mari, ni un autre fils. Et je doute que les larmes d'Andromaque eussent fait sur l'esprit de mes spectateurs l'impression qu'elles y ont faite, si elles avaient coulé pour un autre fils que celui qu'elle avait d'Hector.

Il est vrai que j'ai été obligé de faire vivre Astyanax un peu plus qu'il n'a vécu; mais j'écris dans un pays où cette liberté ne pouvait pas être mal reçue. Car, sans parler de Ronsard, qui a choisi ce même Astyanax pour le héros de sa *Franciade,* qui ne sait que l'on fait descendre nos anciens rois de ce fils d'Hector, et que nos vieilles chroniques sauvent la vie à ce jeune prince, après la désolation[1] de son pays, pour en faire le fondateur de notre monarchie?

Combien Euripide a-t-il été plus hardi dans sa tragédie d'*Hélène!* Il y choque ouvertement la créance[2] commune de toute la Grèce. Il suppose qu'Hélène n'a jamais mis le pied dans Troie; et qu'après l'embrasement de cette ville, Ménélas trouve sa femme en Égypte, dont elle n'était point partie. Tout cela fondé sur une opinion qui n'était reçue que parmi les Égyptiens, comme on peut le voir dans Hérodote.

Je ne crois pas que j'eusse besoin de cet exemple d'Euripide pour justifier le peu de liberté que j'ai prise. Car il y a bien de la différence entre détruire le principal fonde

1. *désolation* : dévastation.
2. *créance :* croyance.

ment d'une fable, et en altérer quelques incidents, qui changent presque de face dans toutes les mains qui les traitent. Ainsi Achille, selon la plupart des poètes, ne peut être blessé qu'au talon, quoique Homère le fasse blesser au bras et ne le croie invulnérable en aucune partie de son corps. Ainsi Sophocle fait mourir Jocaste aussitôt après la reconnaissance d'Œdipe, tout au contraire d'Euripide, qui la fait vivre jusqu'au combat et à la mort de ses deux fils. Et c'est à propos de quelque contrariété[1] de cette nature qu'un ancien commentateur de Sophocle remarque fort bien, «qu'il ne faut point s'amuser à chicaner les poètes pour quelques changements qu'ils ont pu faire dans la fable; mais qu'il faut s'attacher à considérer l'excellent usage qu'ils ont fait de ces changements, et la manière ingénieuse dont ils ont su accommoder la fable à leur sujet».

1. *contrariété* : contradiction.

PERSONNAGES

ANDROMAQUE, veuve d'Hector, captive de Pyrrhus.

PYRRHUS, fils d'Achille, roi d'Épire.

ORESTE, fils d'Agamemnon.

HERMIONE, fille d'Hélène, accordée avec (fiancée à) Pyrrhus.

PYLADE, ami d'Oreste.

CLÉONE, confidente d'Hermione.

CÉPHISE, confidente d'Andromaque.

PHŒNIX, gouverneur d'Achille, et ensuite de Pyrrhus.

SUITE D'ORESTE.

La scène est à Buthrote, ville d'Épire, dans une salle du palais de Pyrrhus.

Les mots de la pièce suivis du signe (•) sont expliqués au lexique p. 157 ; les noms propres sont repris dans le glossaire p. 154.

ACTE I

SCÈNE 1. ORESTE, PYLADE

ORESTE

Oui, puisque je retrouve un ami si fidèle,
Ma fortune[1] va prendre une face nouvelle;
Et déjà son courroux semble s'être adouci,
Depuis qu'elle a pris soin de nous rejoindre[2] ici.
Qui l'eût dit, qu'un rivage à mes vœux[3] si funeste•
Présenterait d'abord[4] Pylade aux yeux d'Oreste?
Qu'après plus de six mois que je t'avais perdu,
À la cour de Pyrrhus tu me serais rendu?

PYLADE

J'en rends grâces au ciel, qui m'arrêtant sans cesse
Semblait m'avoir fermé le chemin de la Grèce,
Depuis le jour fatal que[5] la fureur des eaux
Presque aux yeux[6] de l'Épire écarta[7] nos vaisseaux.
Combien dans cet exil[8] ai-je souffert d'alarmes!
Combien à vos malheurs ai-je donné de larmes,
Craignant toujours pour vous quelque nouveau danger
Que ma triste• amitié ne pouvait partager!
Surtout je redoutais cette mélancolie•
Où• j'ai vu si longtemps votre âme ensevelie.
Je craignais que le ciel, par un cruel secours,
Ne vous offrît la mort que vous cherchiez toujours.
Mais je vous vois, Seigneur; et si j'ose le dire,
Un destin plus heureux vous conduit en Épire :

---

1. *fortune* : sort.
2. *rejoindre* : réunir.
3. *vœux* : amour, désir d'être aimé.
4. *d'abord* : dès l'abord, aussitôt.
5. *que* : où.
6. *aux yeux de* : en vue de.
7. *écarta* : sépara.
8. *exil* : séparation.

Le pompeux appareil[1] qui suit ici vos pas
N'est point d'un malheureux qui cherche le trépas.

ORESTE

Hélas! qui peut savoir le destin qui m'amène?
L'amour me fait ici chercher une inhumaine[2].
Mais qui sait ce qu'il doit ordonner de mon sort,
Et si je viens chercher ou la vie ou la mort?

PYLADE

Quoi? votre âme à l'amour en esclave asservie
Se repose sur lui du soin de votre vie?
Par quel charme[3], oubliant tant de tourments soufferts,
Pouvez-vous consentir à rentrer dans ses fers[4]?
Pensez-vous qu'Hermione, à Sparte inexorable,
Vous prépare en Épire un sort plus favorable?
Honteux d'avoir poussé[5] tant de vœux superflus,
Vous l'abhorriez[6], enfin vous ne m'en parliez plus.
Vous me trompiez, Seigneur.

ORESTE

Je me trompais moi-même.
Ami, n'accable point un malheureux qui t'aime.
T'ai-je jamais caché mon cœur et mes désirs?
Tu vis naître ma flamme et mes premiers soupirs.
Enfin, quand Ménélas disposa de sa fille
En faveur de Pyrrhus, vengeur de sa famille,
Tu vis mon désespoir; et tu m'as vu depuis
Traîner de mers en mers ma chaîne et mes ennuis[7].
Je te vis à regret, en cet état funeste,
Prêt à suivre partout le déplorable[8] Oreste,
Toujours de ma fureur• interrompre le cours,

1. *le pompeux appareil* : la brillante escorte.
2. *inhumaine* : une jeune fille insensible à son amour.
3. *charme* : sortilège.
4. *fers* : rentrer dans ses fers: redevenir son soupirant.
5. *poussé* : exprimé avec force.
6. *abhorrer* : détester.
7. *ennuis* : profonds chagrins, peine profonde.
8. *déplorable* : pitoyable.

Et de moi-même enfin me sauver tous les jours.
Mais quand je me souvins que parmi tant d'alarmes
Hermione à Pyrrhus prodiguait tous ses charmes•,
Tu sais de quel courroux mon cœur alors épris[1]
Voulut en l'oubliant punir tous ses mépris.
Je fis croire et je crus ma victoire certaine;
Je pris tous mes transports pour des transports de haine;
Détestant ses rigueurs, rabaissant ses attraits,
Je défiais ses yeux de me troubler jamais.
Voilà comme je crus étouffer ma tendresse.
En ce calme trompeur j'arrivai dans la Grèce;
Et je trouvai d'abord ses princes rassemblés,
Qu'un péril assez grand semblait avoir troublés.
J'y courus. Je pensai que la guerre et la gloire
De soins• plus importants rempliraient ma mémoire;
Que, mes sens reprenant leur première vigueur,
L'amour achèverait de sortir de mon cœur.
Mais admire avec moi le sort dont la poursuite
Me fait courir alors au piège que j'évite.
J'entends de tous côtés qu'on menace Pyrrhus;
Toute la Grèce éclate en murmures confus;
On se plaint qu'oubliant son sang[2] et sa promesse
Il élève en sa cour l'ennemi de la Grèce,
Astyanax, d'Hector jeune et malheureux fils,
Reste de tant de rois sous Troie ensevelis.
J'apprends que pour ravir son enfance au supplice
Andromaque trompa l'ingénieux Ulysse,
Tandis qu'un autre enfant, arraché de ses bras,
Sous le nom de son fils fut conduit au trépas.
On dit que, peu sensible aux charmes• d'Hermione,
Mon rival porte ailleurs son cœur et sa couronne;
Ménélas, sans le croire, en paraît affligé,
Et se plaint d'un hymen[3] si longtemps négligé.
Parmi les déplaisirs[4] où son âme se noie,
Il s'élève en la mienne une secrète joie :

1. *épris* : saisi.
2. *sang* : famille, race.
3. *hymen* : mariage.
4. *déplaisirs* : chagrins.

Je triomphe; et pourtant je me flatte[1] d'abord
Que la seule vengeance excite ce transport.
Mais l'ingrate• en mon cœur reprit bientôt sa place :
De mes feux[2] mal éteints je reconnus la trace•;
Je sentis que ma haine allait finir son cours,
Ou plutôt je sentis que je l'aimais toujours.
Ainsi de tous les Grecs je brigue le suffrage.
On m'envoie à Pyrrhus : j'entreprends ce voyage.
Je viens voir si l'on peut arracher de ses bras
Cet enfant dont la vie alarme tant d'États :
Heureux si je pouvais, dans l'ardeur qui me presse,
Au lieu d'Astyanax lui ravir ma princesse!
Car enfin n'attends pas que mes feux• redoublés
Des périls les plus grands puissent être troublés.
Puisqu'après tant d'efforts ma résistance est vaine,
Je me livre en aveugle au destin qui m'entraîne.
J'aime : je viens chercher Hermione en ces lieux,
La fléchir, l'enlever, ou mourir à ses yeux.
Toi qui connais Pyrrhus, que penses-tu qu'il fasse?
Dans sa cour, dans son cœur, dis-moi ce qui se passe.
Mon Hermione encor le tient-elle asservi?
Me rendra-t-il, Pylade, un bien qu'il m'a ravi?

PYLADE

Je vous abuserais si j'osais vous promettre
Qu'entre vos mains, Seigneur, il voulût la remettre;
Non que de sa conquête il paraisse flatté;
Pour la veuve d'Hector ses feux ont éclaté :
Il l'aime. Mais enfin cette veuve inhumaine•
N'a payé jusqu'ici son amour que de haine•;
Et chaque jour encore on lui voit tout tenter
Pour fléchir sa captive, ou pour l'épouvanter.
De son fils, qu'il lui cache, il menace la tête,
Et fait couler des pleurs, qu'aussitôt il arrête.
Hermione elle-même a vu plus de cent fois
Cet amant[3] irrité revenir sous ses lois,

1. *je me flatte* : je m'entretiens dans l'illusion que.
2. *feux* : amour.
3. *amant* : soupirant, amoureux.

Et de ses vœux• troublés lui rapportant l'hommage,
Soupirer à ses pieds moins d'amour que de rage.
Ainsi n'attendez pas que l'on puisse aujourd'hui
Vous répondre d'un cœur si peu maître de lui :
Il peut, Seigneur, il peut, dans ce désordre extrême,
Épouser ce qu'il hait•, et punir ce qu'il aime.

ORESTE
Mais dis-moi de quel œil Hermione peut voir
Son hymen différé, ses charmes• sans pouvoir?

PYLADE
Hermione, Seigneur, au moins en apparence,
Semble de son amant• dédaigner l'inconstance,
Et croit que, trop heureux de fléchir sa rigueur,
Il la viendra presser de reprendre son cœur.
Mais je l'ai vue enfin me confier ses larmes.
Elle pleure en secret le mépris de ses charmes.
Toujours prête à partir et demeurant toujours,
Quelquefois elle appelle Oreste à son secours.

ORESTE
Ah! si je le croyais, j'irais bientôt, Pylade,
Me jeter...

PYLADE
Achevez, Seigneur, votre ambassade.
Vous attendez le Roi. Parlez, et lui montrez
Contre le fils d'Hector tous les Grecs conjurés.
Loin de leur accorder ce fils de sa maîtresse[1],
Leur haine ne fera qu'irriter[2] sa tendresse.
Plus on les veut brouiller, plus on va les unir.
Pressez•, demandez tout, pour ne rien obtenir.
Il vient.

ORESTE
Hé bien! va donc disposer la cruelle
À revoir un amant qui ne vient que pour elle.

1. *maîtresse* : la femme aimée.
2. *irriter* : exciter, rendre plus vive.

Questions

Compréhension

1. Qui sont les personnages présents ou évoqués dans cette scène?
2. Quel est l'arrière-plan historique de l'intrigue?
3. Où se situe la scène?
4. Pourquoi Oreste et Pylade ont-ils été séparés?
5. Quelles sont les raisons de la venue d'Oreste?
6. Comment Oreste vous apparaît-il, dès l'abord?
7. Que demande-t-il à Pylade?
8. Quelle «manœuvre» celui-ci lui conseille-t-il?

Écriture

9. Relevez des termes caractéristiques du langage galant.
10. Relevez des termes qui suggèrent le tragique.
11. La mythologie, la littérature font d'Oreste un personnage tragique entre tous. Relevez dans sa tirade (v. 37-104) quelques expressions, et en particulier un vers, qui le présentent ainsi.
12. Le récit d'Oreste (v. 37 à 104) : relevez les procédés qui lui donnent vie et le rendent dramatique.

Mise en scène

13. Quel jeu (ton, attitudes) suggéreriez-vous à Oreste, en particulier pendant son récit?

SCÈNE 2. PYRRHUS, ORESTE, PHŒNIX

ORESTE

Avant que tous les Grecs vous parlent par ma voix,
Souffrez que j'ose ici me flatter de leur choix,
Et qu'à vos yeux, Seigneur, je montre quelque joie
De voir le fils d'Achille et le vainqueur de Troie.
Oui, comme ses exploits nous admirons vos coups[1] :
Hector tomba sous lui, Troie expira sous vous;
Et vous avez montré, par une heureuse audace,
Que le fils seul d'Achille a pu remplir sa place.
Mais ce qu'il n'eût point fait, la Grèce avec douleur
Vous voit du sang troyen relever le malheur,
Et vous laissant toucher d'une pitié funeste,
D'une guerre si longue entretenir le reste[2].
Ne vous souvient-il plus, Seigneur, quel fut Hector?
Nos peuples affaiblis s'en souviennent encor.
Son nom seul fait frémir nos veuves et nos filles;
Et dans toute la Grèce il n'est point de familles
Qui ne demandent compte à ce malheureux fils
D'un père ou d'un époux qu'Hector leur a ravis.
Et qui sait ce qu'un jour ce fils peut entreprendre?
Peut-être dans nos ports nous le verrons descendre,
Tel qu'on a vu son père embraser nos vaisseaux,
Et, la flamme à la main, les suivre sur les eaux.
Oserai-je, Seigneur, dire ce que je pense?
Vous-même de vos soins craignez la récompense,
Et que dans votre sein ce serpent élevé
Ne vous punisse un jour de l'avoir conservé.
Enfin de tous les Grecs satisfaites l'envie,
Assurez leur vengeance, assurez votre vie;
Perdez un ennemi d'autant plus dangereux
Qu'il s'essaira sur vous à combattre contre eux.

PYRRHUS

La Grèce en ma faveur est trop inquiétée•.

---

1. *coups* : actions remarquables.
2. *reste* : le seul survivant, c'est-à-dire Astyanax.

De soins• plus importants je l'ai crue agitée,
Seigneur; et sur le nom de son ambassadeur,
J'avais dans ses projets conçu plus de grandeur.
Qui croirait en effet qu'une telle entreprise
Du fils d'Agamemnon méritât l'entremise;
Qu'un peuple tout entier, tant de fois triomphant,
N'eût daigné conspirer que la mort d'un enfant?
Mais à qui prétend-on que je le sacrifie?
La Grèce a-t-elle encor quelque droit sur sa vie?
Et seul de tous les Grecs ne m'est-il pas permis
D'ordonner d'un captif que le sort m'a soumis?
Oui, Seigneur, lorsqu'au pied des murs fumants de Troie
Les vainqueurs tout sanglants partagèrent leur proie,
Le sort[1], dont les arrêts furent alors suivis,
Fit tomber en mes mains Andromaque et son fils.
Hécube près d'Ulysse acheva sa misère;
Cassandre dans Argos a suivi votre père :
Sur eux, sur leurs captifs ai-je étendu mes droits?
Ai-je enfin disposé du fruit de leurs exploits?
On craint qu'avec Hector Troie un jour ne renaisse;
Son fils peut me ravir le jour que je lui laisse.
Seigneur, tant de prudence entraîne trop de soin :
Je ne sais point prévoir les malheurs de si loin.
Je songe quelle était autrefois cette ville,
Si superbe en remparts, en héros si fertile,
Maîtresse de l'Asie[2]; et je regarde enfin
Quel fut le sort de Troie, et quel est son destin.
Je ne vois que des tours que la cendre a couvertes,
Un fleuve teint de sang, des campagnes désertes,
Un enfant dans les fers; et je ne puis songer
Que Troie en cet état aspire à se venger.
Ah! si du fils d'Hector la perte était jurée,
Pourquoi d'un an entier l'avons-nous différée?
Dans le sein de Priam n'a-t-on pu l'immoler?
Sous tant de morts, sous Troie il fallait l'accabler[3].

1. *sort* : le tirage au sort.
2. *l'Asie* : Troie contrôlait des territoires qui deviendront la province romaine d'Asie, c'est-à-dire l'Asie Mineure.
3. *accabler* : terrasser.

Tout était juste alors : la vieillesse et l'enfance
En vain sur leur faiblesse appuyaient leur défense;
La victoire et la nuit, plus cruelles que nous,
Nous excitaient au meurtre, et confondaient nos coups•.
Mon courroux aux vaincus ne fut que trop sévère.
Mais que ma cruauté survive à ma colère?
Que malgré la pitié dont je me sens saisir,
Dans le sang d'un enfant je me baigne à loisir?
Non, Seigneur. Que les Grecs cherchent quelque
[autre proie;
Qu'ils poursuivent ailleurs ce qui reste de Troie :
De mes inimitiés le cours est achevé;
L'Épire sauvera ce que Troie a sauvé.

ORESTE

Seigneur, vous savez trop avec quel artifice[1]
Un faux Astyanax fut offert au supplice
Où le seul fils d'Hector devait être conduit.
Ce n'est pas les Troyens, c'est Hector qu'on poursuit.
Oui, les Grecs sur le fils persécutent le père;
Il a par trop de sang acheté leur colère.
Ce n'est que dans le sien qu'elle peut expirer;
Et jusque dans l'Épire il les peut attirer.
Prévenez-les[2].

PYRRHUS

Non, non. J'y consens avec joie :
Qu'ils cherchent dans l'Épire une seconde Troie;
Qu'ils confondent[3] leur haine, et ne distinguent plus
Le sang• qui les fit vaincre et celui des vaincus.
Aussi bien ce n'est pas la première injustice
Dont la Grèce d'Achille a payé le service•.
Hector en profita, Seigneur; et quelque jour
Son fils en pourrait bien profiter à son tour.

1. *artifice* : ruse.
2. *prévenez-les* : devancez-les.
3. *qu'ils confondent leur haine* : qu'ils mêlent leur haine.

ORESTE
Ainsi la Grèce en vous trouve un enfant rebelle?

PYRRHUS
Et je n'ai donc vaincu que pour dépendre d'elle?

ORESTE
Hermione, Seigneur, arrêtera vos coups :
Ses yeux s'opposeront[1] entre son père et vous.

PYRRHUS
Hermione, Seigneur, peut m'être toujours chère;
Je puis l'aimer, sans être esclave de son père;
Et je saurai peut-être accorder quelque jour
Les soins• de ma grandeur et ceux de mon amour.
Vous pouvez cependant[2] voir la fille d'Hélène :
Du sang qui vous unit je sais l'étroite chaîne[3].
Après cela, Seigneur, je ne vous retiens plus,
Et vous pourrez aux Grecs annoncer mon refus.

1. *s'opposeront* : s'interposeront.
2. *cependant* : pendant ce temps.
3. *chaîne* : Hermione et Oreste sont cousins germains.

Questions

Compréhension

1. En quoi Oreste se montre-t-il diplomate?
2. Quels sont les traits dominants du caractère de Pyrrhus?
3. La guerre de Troie : qui sont Achille, Agamemnon, Hécube, Cassandre, Priam (voir p. 154)?
4. À quel «artifice» Oreste fait-il allusion (v. 221-222)?
5. Quelle image de la guerre Oreste et Pyrrhus donnent-ils respectivement?
6. Quels sont les arguments de Pyrrhus (v. 174-220)?
7. Que peut-on percevoir derrière la gravité de cette entrevue diplomatique?

Écriture

8. Quels sont les mouvements du discours d'Oreste?
9. Quel est le ton des premiers vers de la tirade de Pyrrhus?
10. Quel est celui des derniers vers de cette tirade (v. 246-248)?
11. Une figure de style orne le vers 198 : il s'agit d'un chiasme. Sur ce modèle, essayez d'en rédiger d'autres.*

Mise en scène

12. Cette scène doit-elle être jouée avec solennité?
13. Proposez quelques éléments de mise en scène : décor, attitudes, et place(s) des acteurs.

SCÈNE 3. PYRRHUS, PHŒNIX

PHŒNIX

Ainsi vous l'envoyez aux pieds de sa maîtresse•!

PYRRHUS

On dit qu'il a longtemps brûlé[1] pour la princesse.

PHŒNIX

Mais si ce feu, Seigneur, vient à se rallumer?
S'il lui rendait son cœur, s'il s'en faisait aimer?

PYRRHUS

Ah! qu'ils s'aiment, Phœnix : j'y consens. Qu'elle parte.
Que, charmés• l'un de l'autre, ils retournent à Sparte• :
Tous nos ports sont ouverts et pour elle et pour lui.
Qu'elle m'épargnerait de contrainte et d'ennui•!

PHŒNIX

Seigneur...

PYRRHUS

Une autre fois je t'ouvrirai mon âme :
Andromaque paraît.

SCÈNE 4. PYRRHUS, ANDROMAQUE, CÉPHISE

PYRRHUS

Me cherchiez-vous, Madame?
Un espoir si charmant• me serait-il permis?

ANDROMAQUE

Je passais jusqu'aux lieux où l'on garde mon fils.
Puisqu'une fois le jour vous souffrez que je voie
Le seul bien qui me reste et d'Hector et de Troie,
J'allais, Seigneur, pleurer un moment avec lui :

1. *brûlé* : éprouvé un amour ardent.

Je ne l'ai point encore embrassé d'aujourd'hui.

PYRRHUS
Ah! Madame, les Grecs, si j'en crois leurs alarmes,
Vous donneront bientôt d'autres sujets de larmes.

ANDROMAQUE
Et quelle est cette peur dont leur cœur est frappé,
Seigneur? Quelque Troyen vous est-il échappé?

PYRRHUS
Leur haine pour Hector n'est pas encore éteinte.
Ils redoutent son fils.

ANDROMAQUE
Digne objet de leur crainte!
Un enfant malheureux, qui ne sait pas encor
Que Pyrrhus est son maître, et qu'il est fils d'Hector.

PYRRHUS
Tel qu'il est, tous les Grecs demandent qu'il périsse.
Le fils d'Agamemnon vient hâter son supplice.

ANDROMAQUE
Et vous prononcerez un arrêt si cruel?
Est-ce mon intérêt qui le rend criminel?
Hélas! on ne craint point qu'il venge un jour son père;
On craint qu'il n'essuyât[1] les larmes de sa mère.
Il m'aurait tenu lieu d'un père et d'un époux;
Mais il me faut tout perdre, et toujours par vos coups.

PYRRHUS
Madame, mes refus ont prévenu• vos larmes.
Tous les Grecs m'ont déjà menacé de leurs armes;
Mais dussent-ils encore, en repassant les eaux,
Demander votre fils avec mille vaisseaux;
Coûtât-il tout le sang qu'Hélène a fait répandre;

1. *essuyât* : imparfait du subjonctif à valeur conditionnelle, comme en latin.

Dussé-je après dix ans voir mon palais en cendre,
Je ne balance[1] point, je vole à son secours :
Je défendrai sa vie aux dépens de mes jours.
Mais parmi ces périls où• je cours pour vous plaire,
Me refuserez-vous un regard moins sévère?
Haï de tous les Grecs, pressé de tous côtés,
Me faudra-t-il combattre encor vos cruautés?
Je vous offre mon bras. Puis-je espérer encore
Que vous accepterez un cœur qui vous adore?
En combattant pour vous, me sera-t-il permis
De ne vous point compter parmi mes ennemis?

ANDROMAQUE
Seigneur, que faites-vous, et que dira la Grèce?
Faut-il qu'un si grand cœur montre tant de faiblesse?
Voulez-vous qu'un dessein si beau, si généreux,
Passe pour le transport• d'un esprit amoureux?
Captive, toujours triste, importune[2] à moi-même,
Pouvez-vous souhaiter qu'Andromaque vous aime?
Quels charmes• ont pour vous des yeux infortunés
Qu'à des pleurs éternels vous avez condamnés?
Non, non, d'un ennemi respecter la misère,
Sauver des malheureux, rendre un fils à sa mère,
De cent peuples pour lui combattre la rigueur,
Sans me faire payer son salut de mon cœur,
Malgré moi, s'il le faut, lui donner un asile :
Seigneur, voilà des soins• dignes du fils d'Achille.

PYRRHUS
Hé quoi? votre courroux n'a-t-il pas eu son cours?
Peut-on haïr sans cesse? et punit-on toujours?
J'ai fait des malheureux, sans doute ; et la Phrygie[3]
Cent fois de votre sang a vu ma main rougie.
Mais que vos yeux sur moi se sont bien exercés!
Qu'ils m'ont vendu bien cher les pleurs qu'ils ont [versés!

1. *balance* : hésite.
2. *captive, triste, importune* : ces trois adjectifs se rapportent à Andromaque.
3. *la Phrygie* : la région de Troie (la Troade) et le pays environnant.

De combien de remords m'ont-ils rendu la proie!
Je souffre tous les maux que j'ai faits devant Troie.
Vaincu, chargé de fers•, de regrets consumé,
Brûlé de plus de feux• que je n'en allumai,
Tant de soins•, tant de pleurs, tant d'ardeurs inquiètes•...
Hélas! fus-je jamais si cruel que vous l'êtes?
Mais enfin, tour à tour, c'est assez nous punir :
Nos ennemis communs devraient nous réunir.
Madame, dites-moi seulement que j'espère,
Je vous rends votre fils, et je lui sers de père;
Je l'instruirai moi-même à venger les Troyens;
J'irai punir les Grecs de vos maux et des miens.
Animé d'un regard, je puis tout entreprendre :
Votre Ilion[1] encor peut sortir de sa cendre;
Je puis, en moins de temps que les Grecs ne l'ont pris,
Dans ses murs relevés couronner votre fils.

ANDROMAQUE

Seigneur, tant de grandeurs ne nous touchent [plus guère :
Je les lui promettais tant qu'a vécu son père.
Non, vous n'espérez plus de nous revoir encor,
Sacrés murs, que n'a pu conserver mon Hector.
À de moindres faveurs des malheureux prétendent,
Seigneur : c'est un exil que mes pleurs vous demandent.
Souffrez que loin des Grecs, et même loin de vous,
J'aille cacher mon fils, et pleurer mon époux.
Votre amour contre nous allume trop de haine :
Retournez, retournez à la fille d'Hélène.

PYRRHUS

Et le puis-je, Madame? Ah! que vous me gênez[2]!
Comment lui rendre un cœur que vous me retenez?
Je sais que de mes vœux• on lui promit l'empire[3];
Je sais que pour régner elle vint dans l'Épire;
Le sort vous y voulut l'une et l'autre amener :

1. *Ilion* : autre nom de Troie.
2. *gênez* : torturez.
3. *l'empire* : la possession exclusive.

Vous, pour porter des fers•; elle, pour en donner.
Cependant ai-je pris quelque soin de lui plaire?
Et ne dirait-on pas, en voyant au contraire
Vos charmes tout-puissants, et les siens dédaignés,
Qu'elle est ici captive, et que vous y régnez?
Ah! qu'un seul des soupirs que mon cœur vous envoie,
S'il s'échappait vers elle, y porterait de joie!

ANDROMAQUE
Et pourquoi vos soupirs seraient-ils repoussés?
Aurait-elle oublié vos services passés?
Troie, Hector, contre vous révoltent-ils son âme?
Aux cendres d'un époux doit-elle enfin sa flamme?
Et quel époux encore! Ah! souvenir cruel!
Sa mort seule a rendu votre père immortel.
Il doit au sang d'Hector tout l'éclat de ses armes,
Et vous n'êtes tous deux connus que par mes larmes.

PYRRHUS
Hé bien, Madame, hé bien, il faut vous obéir :
Il faut vous oublier, ou plutôt vous haïr.
Oui, mes vœux ont trop loin poussé leur violence
Pour ne plus s'arrêter que• dans l'indifférence.
Songez-y bien : il faut désormais que mon cœur,
S'il n'aime avec transport, haïsse avec fureur.
Je n'épargnerai rien dans ma juste colère :
Le fils me répondra des mépris de la mère;
La Grèce le demande, et je ne prétends[1] pas
Mettre toujours ma gloire à sauver des ingrats.

ANDROMAQUE
Hélas! il mourra donc. Il n'a pour sa défense
Que les pleurs de sa mère, et que son innocence.
Et peut-être après tout, en l'état où je suis,
Sa mort avancera la fin de mes ennuis•.
Je prolongeais pour lui ma vie et ma misère;
Mais enfin sur ses pas j'irai revoir son père.

1. *je ne prétends pas* : je n'ai pas l'intention.

Ainsi tous trois, Seigneur, par vos soins réunis,
Nous vous...

PYRRHUS

Allez, Madame, allez voir votre fils.
Peut-être, en le voyant, votre amour plus timide[1]
Ne prendra pas toujours sa colère pour guide.
Pour savoir nos destins, j'irai vous retrouver.
Madame, en l'embrassant, songez à le sauver.

Andromaque et Pyrrhus joués par Mlle Sainval et M. Molé, gouache de Fesch Whirsker (fin XVIIIe siècle).

1. *timide* : craintif.

Questions

Compréhension

1. Pyrrhus est-il «le même» dans la scène 3 que dans la scène précédente? Quel jeu suggéreriez-vous à l'acteur qui l'incarne?
2. Quel est le rôle de Phœnix?
3. Andromaque : comment le personnage évolue-t-il au cours de la scène 4?
4. Pyrrhus : quelles sont les étapes qui le conduisent de la galanterie à la brutalité?
5. Qu'attend Andromaque de Pyrrhus?
6. Comment Pyrrhus «vit»-il son amour?
7. Andromaque, si elle est digne de pitié, n'est-elle pas aussi cruelle?

Écriture

8. Comparez le vocabulaire de la passion employé par Andromaque à celui qu'emploie Pyrrhus.
9. Qui Andromaque veut-elle désigner par le «fils d'Agamemnon» (v. 274), le «fils d'Achille» (v. 310), la «fille d'Hélène» (v. 342)? Pourquoi les désigner ainsi?
10. Sur quel mot joue-t-elle, au vers 358? Que pensez-vous de ce jeu de mots?

Mise en scène

11. Pour la scène 3, quel jeu suggéreriez-vous à l'acteur qui incarne Pyrrhus?
12. Comment imaginez-vous Andromaque dans la scène 4? (Son âge, son costume, ses gestes, sa voix...)

Ci-contre, gravure de Velyn d'après Girodet (fin XVIIIe siècle). Bibliothèque de l'Arsenal.

Bilan

L'action

• Ce que nous savons

Oreste, fils d'Agamemnon, envoyé par les Grecs comme ambassadeur auprès de Pyrrhus, fils d'Achille et roi d'Épire, a pour mission de réclamer Astyanax, fils d'Hector et d'Andromaque. Il retrouve à cette occasion son ami Pylade. En réalité, Oreste veut revoir Hermione, la fille de Ménélas et d'Hélène, qu'il aime en vain et qui doit épouser Pyrrhus.

Pyrrhus rejette avec hauteur la demande d'Oreste; il informe Andromaque, dont il est passionnément épris, du péril qui menace Astyanax et s'engage à sauver l'enfant si elle consent à l'épouser. Andromaque, fidèle à la mémoire d'Hector, n'y semble guère disposée; Pyrrhus devient menaçant.

La situation est alors «nouée».

• À quoi faut-il nous attendre?

– Andromaque est devant un dilemme : elle épouse Pyrrhus ou elle perd son fils : quel choix fera-t-elle?

– Quelle sera l'attitude d'Hermione à l'égard d'Oreste?

Les personnages

• Ce que nous savons

Oreste aime Hermione qui aime Pyrrhus qui aime Andromaque qui veut rester fidèle au souvenir d'Hector et qui, bien sûr, aime son fils Astyanax.

• À quoi faut-il nous attendre?

– Qui dans Andromaque l'emportera : la mère ou l'épouse?

– Qui est Hermione, encore invisible? Suivra-t-elle Oreste alors qu'elle aime Pyrrhus?

– On a vu Pyrrhus enthousiaste, galant, dépité, furieux : ses derniers mots ne sont-ils pas une menace?

ACTE II

SCÈNE 1. HERMIONE, CLÉONE

HERMIONE

Je fais ce que tu veux. Je consens qu'il me voie :
Je lui veux bien encore accorder cette joie.
Pylade va bientôt conduire ici ses[1] pas;
Mais si je m'en croyais, je ne le verrais pas.

CLÉONE

Et qu'est-ce que sa vue a pour vous de funeste?
Madame, n'est-ce pas toujours le même Oreste
Dont vous avez cent fois souhaité le retour,
Et dont vous regrettiez la constance et l'amour?

HERMIONE

C'est cet amour payé de trop d'ingratitude
Qui me rend en ces lieux sa présence si rude[2].
Quelle honte pour moi, quel triomphe pour lui
De voir mon infortune égaler son ennui•!
Est-ce là, dira-t-il, cette fière• Hermione?
Elle me dédaignait; un autre l'abandonne.
L'ingrate•, qui mettait son cœur à si haut prix,
Apprend donc à son tour à souffrir[3] des mépris!
Ah Dieux!

CLÉONE

Ah! dissipez ces indignes alarmes :
Il a trop bien senti le pouvoir de vos charmes.
Vous croyez qu'un amant• vienne[4] vous insulter?
Il vous rapporte un cœur qu'il n'a pu vous ôter.
Mais vous ne dites point ce que vous mande un père.

---

1. *ses pas* : les pas d'Oreste.
2. *rude* : pénible, fâcheuse.
3. *souffrir* : supporter.
4. *vienne* : croyez-vous qu'un amant vienne.

HERMIONE
Dans ses retardements[1] si Pyrrhus persévère,
À la mort du Troyen s'il ne veut consentir,
Mon père avec les Grecs m'ordonne de partir.

CLÉONE
Hé bien, Madame, hé bien! écoutez donc Oreste.
Pyrrhus a commencé, faites au moins le reste.
Pour bien faire, il faudrait que vous le prévinssiez.
Ne m'avez-vous pas dit que vous le haïssiez?

HERMIONE
Si je le hais, Cléone! Il y va de ma gloire•,
Après tant de bontés dont il perd la mémoire.
Lui qui me fut si cher, et qui m'a pu trahir!
Ah! je l'ai trop aimé pour ne le point haïr.

CLÉONE
Fuyez-le donc, Madame; et puisqu'on vous adore...

HERMIONE
Ah! laisse à ma fureur le temps de croître encore;
Contre mon ennemi laisse-moi m'assurer[2] :
Cléone, avec horreur je m'en veux séparer.
Il n'y travaillera que trop bien, l'infidèle!

CLÉONE
Quoi? vous en attendez quelque injure[3] nouvelle?
Aimer une captive, et l'aimer à vos yeux,
Tout cela n'a donc pu vous le rendre odieux?
Après ce qu'il a fait, que saurait-il donc faire?
Il vous aurait déplu, s'il pouvait vous déplaire.

HERMIONE
Pourquoi veux-tu, cruelle, irriter[4] mes ennuis•?

1. *retardements* : atermoiements (fait de retarder le mariage).
2. *assurer* : rendre mes sentiments plus sûrs, plus fermes.
3. *injure* : offense.
4. *irriter* : exciter.

Je crains de me connaître en l'état où je suis.
De tout ce que tu vois tâche de ne rien croire;
Crois que je n'aime plus, vante-moi ma victoire;
Crois que dans son dépit mon cœur est endurci;
Hélas! et, s'il se peut, fais-le-moi croire aussi.
Tu veux que je le fuie. Hé bien! rien ne m'arrête :
Allons. N'envions plus son indigne conquête;
Que sur lui sa captive étende son pouvoir.
Fuyons... Mais si l'ingrat rentrait dans son devoir!
Si la foi[1] dans son cœur retrouvait quelque place!
S'il venait à mes pieds me demander sa grâce!
Si sous mes lois, Amour, tu pouvais l'engager!
S'il voulait!... Mais l'ingrat• ne veut que m'outrager.
Demeurons toutefois pour troubler leur fortune[2];
Prenons quelque plaisir à leur être importune;
Ou le forçant de• rompre un nœud si solennel,
Aux yeux de tous les Grecs rendons-le criminel.
J'ai déjà sur le fils attiré leur colère;
Je veux qu'on vienne encor lui demander la mère.
Rendons-lui les tourments qu'elle me fait souffrir :
Qu'elle le perde[3]; ou bien qu'il la fasse périr.

CLÉONE

Vous pensez que des yeux toujours ouverts aux larmes
Se plaisent à troubler le pouvoir de vos charmes,
Et qu'un cœur accablé de tant de déplaisirs•
De son persécuteur ait brigué les soupirs?
Voyez si sa douleur en paraît soulagée.
Pourquoi donc les chagrins où son âme est plongée?
Contre un amant qui plaît pourquoi tant de fierté[4]?

HERMIONE

Hélas! pour mon malheur, je l'ai trop écouté.
Je n'ai point du silence affecté le mystère :
Je croyais sans péril pouvoir être sincère;

---

1. *foi* : fidélité.
2. *fortune* : bonheur.
3. *perde* : cause sa perte, fasse périr.
4. *fierté* : cruauté.

Et sans armer mes yeux d'un moment de rigueur,
Je n'ai pour lui parler consulté que mon cœur.
Et qui ne se serait comme moi déclarée
Sur la foi d'une amour si saintement jurée?
Me voyait-il de l'œil qu'il me voit aujourd'hui?
Tu t'en souviens encor, tout conspirait pour lui :
Ma famille vengée, et les Grecs dans la joie,
Nos vaisseaux tout chargés des dépouilles de Troie,
Les exploits de son père effacés par les siens,
Ses feux que je croyais plus ardents que les miens,
Mon cœur, toi-même enfin de sa gloire éblouie,
Avant qu'il me trahît, vous m'avez tous trahie.
Mais c'en est trop, Cléone, et quel que soit Pyrrhus,
Hermione est sensible, Oreste a des vertus.
Il sait aimer du moins, et même sans qu'on l'aime;
Et peut-être il saura se faire aimer lui-même.
Allons, qu'il vienne enfin.

CLÉONE

Madame, le voici.

HERMIONE

Ah! je ne croyais pas qu'il fût si près d'ici.

Questions

Compréhension

1. Quel âge a, selon vous, Hermione? Quels sont les traits dominants de son caractère?
2. Cléone est-elle impliquée dans la tragédie?
3. Quelle est la situation d'Hermione (v. 406-408)?
Elle semble ne pas se résigner à être le jouet du destin, elle a déjà joué un rôle déterminant dans l'enchaînement des événements. À quel vers le dit-elle?

Écriture

4. Comment interprétez-vous les vers 436-440?
5. Quel ton donnent à ces vers les subordonnées conditionnelles?
6. Quelle particularité syntaxique présentent les vers 465 à 469? Quel en est l'effet?

Mise en scène

7. Quel type d'actrice choisiriez-vous pour incarner Hermione?
8. Quel jeu lui conseilleriez-vous?
9. Comment diriez-vous les vers 475-476? Quel(s) sentiment(s) essaieriez-vous de traduire?

SCÈNE 2. HERMIONE, ORESTE, CLÉONE

HERMIONE

Le croirai-je, Seigneur, qu'un reste de tendresse
Vous fasse ici chercher une triste princesse?
Ou ne dois-je imputer[1] qu'à votre seul devoir
L'heureux empressement qui vous porte à me voir?

ORESTE

Tel est de mon amour l'aveuglement funeste.
Vous le savez, Madame; et le destin d'Oreste
Est de venir sans cesse adorer vos attraits,
Et de jurer toujours qu'il n'y viendra jamais.
Je sais que vos regards vont rouvrir mes blessures,
Que tous mes pas vers vous sont autant de parjures :
Je le sais, j'en rougis. Mais j'atteste les Dieux,
Témoins de la fureur• de mes derniers adieux,
Que j'ai couru partout où ma perte certaine[2]
Dégageait[3] mes serments et finissait ma peine.
J'ai mendié la mort chez des peuples cruels
Qui n'apaisaient leurs dieux que du sang• des mortels :
Ils m'ont fermé leur temple; et ces peuples barbares
De mon sang prodigué[4] sont devenus avares.
Enfin je viens à vous, et je me vois réduit
À chercher dans vos yeux une mort qui me fuit.
Mon désespoir n'attend que leur indifférence :
Ils n'ont qu'à m'interdire un reste d'espérance,
Ils n'ont, pour avancer cette mort où je cours,
Qu'à me dire une fois[5] ce qu'ils m'ont dit toujours.
Voilà, depuis un an, le seul soin• qui m'anime.
Madame, c'est à vous de prendre une victime
Que les Scythes auraient dérobée à vos coups,
Si j'en avais trouvé d'aussi cruels que vous.

---

1. *imputer* : mettre sur le compte de.
2. *perte certaine* : certitude de ma mort prochaine.
3. *dégageait mes serments* : me dégageait de mes serments.
4. *prodigué* : que j'aurais voulu prodiguer.
5. *une fois* : une fois encore.

HERMIONE
Quittez, Seigneur, quittez ce funeste• langage.
À des soins plus pressants la Grèce vous engage.
Que• parlez-vous du Scythe et de mes cruautés?
Songez à tous ces rois que vous représentez.
Faut-il que d'un transport• leur vengeance dépende?
Est-ce le sang d'Oreste enfin qu'on vous demande?
Dégagez-vous des soins dont vous êtes chargé.

ORESTE
Les refus de Pyrrhus m'ont assez dégagé,
Madame : il me renvoie; et quelque autre puissance
Lui fait du fils d'Hector embrasser la défense.

HERMIONE
L'infidèle!

ORESTE
                    Ainsi donc, tout prêt à le quitter,
Sur mon propre destin je viens vous consulter.
Déjà même je crois entendre la réponse
Qu'en secret contre moi votre haine• prononce.

HERMIONE
Hé quoi? toujours injuste en vos tristes discours,
De mon inimitié vous plaindrez-vous toujours?
Quelle est cette rigueur tant de fois alléguée?
J'ai passé dans l'Épire, où j'étais reléguée :
Mon père l'ordonnait. Mais qui sait si depuis
Je n'ai point en secret partagé vos ennuis•?
Pensez-vous avoir seul éprouvé des alarmes?
Que l'Épire jamais n'ait vu couler mes larmes?
Enfin qui vous a dit que malgré mon devoir
Je n'ai pas quelquefois souhaité de vous voir?

ORESTE
Souhaité de me voir! Ah! divine princesse...
Mais, de grâce, est-ce à moi que ce discours s'adresse?
Ouvrez vos yeux : songez qu'Oreste est devant vous,
Oreste, si longtemps l'objet de leur courroux.

HERMIONE

Oui, c'est vous dont l'amour, naissant avec
[leurs charmes•,
Leur apprit le premier le pouvoir de leurs armes;
Vous que mille vertus me forçaient d'•estimer;
Vous que j'ai plaint, enfin que je voudrais aimer.

ORESTE

Je vous entends[1]. Tel est mon partage funeste :
Le cœur est pour Pyrrhus, et les vœux pour Oreste.

HERMIONE

Ah! ne souhaitez pas le destin de Pyrrhus :
Je vous haïrais trop.

ORESTE

Vous m'en aimeriez plus.
Ah! que vous me verriez d'un regard bien contraire!
Vous me voulez aimer, et je ne puis vous plaire;
Et l'amour seul alors se faisant obéir,
Vous m'aimeriez, Madame, en me voulant haïr.
Ô Dieux! tant de respect, une amitié si tendre...
Que de raisons pour moi, si vous pouviez m'entendre!
Vous seule pour Pyrrhus disputez[2] aujourd'hui,
Peut-être malgré vous, sans doute malgré lui,
Car enfin il vous hait•; son âme ailleurs éprise
N'a plus...

HERMIONE

Qui vous l'a dit, Seigneur, qu'il me méprise?
Ses regards, ses discours vous l'ont-ils donc appris?
Jugez-vous que ma vue inspire des mépris,
Qu'elle allume en un cœur des feux si peu durables?
Peut-être d'autres yeux me sont plus favorables.

ORESTE

Poursuivez : il est beau de m'insulter ainsi.

---

1. *je vous entends* : je vous comprends.
2. *disputez* : fournissez des arguments.

Cruelle, c'est donc moi qui vous méprise ici?
Vos yeux n'ont pas assez éprouvé ma constance?
Je suis donc un témoin[1] de leur peu de puissance?
Je les ai méprisés? Ah! qu'ils voudraient bien voir
Mon rival, comme moi, mépriser leur pouvoir!

HERMIONE
Que m'importe, Seigneur, sa haine• ou sa tendresse?
Allez contre un rebelle armer toute la Grèce;
Rapportez-lui le prix de sa rébellion;
Qu'on fasse de l'Épire un second Ilion.
Allez. Après cela direz-vous que je l'aime?

ORESTE
Madame, faites plus, et venez-y vous-même.
Voulez-vous demeurer pour otage en ces lieux?
Venez dans tous les cœurs faire parler vos yeux.
Faisons de notre haine une commune attaque.

HERMIONE
Mais, Seigneur, cependant s'il épouse Andromaque?

ORESTE
Hé! Madame!

HERMIONE
Songez quelle honte pour nous
Si d'une Phrygienne il devenait l'époux!

ORESTE
Et vous le haïssez? Avouez-le, Madame,
L'amour n'est pas un feu qu'on renferme en une âme :
Tout nous trahit, la voix, le silence, les yeux;
Et les feux mal couverts n'en éclatent que mieux.

HERMIONE
Seigneur, je le vois bien, votre âme prévenue[2]

1. *témoin* : preuve.
2. *prévenue* : placée à l'avance dans des dispositions favorables ou défavorables.

Répand sur mes discours le venin qui la tue,
Toujours dans mes raisons cherche quelque détour,
Et croit qu'en moi la haine est un effort d'amour.
Il faut donc m'expliquer : vous agirez ensuite.
Vous savez qu'en ces lieux mon devoir m'a conduite;
Mon devoir m'y retient, et je n'en puis partir
Que[1] mon père ou Pyrrhus ne m'en fasse sortir.
De la part de mon père allez lui faire entendre
Que l'ennemi des Grecs ne peut être son gendre :
Du Troyen ou de moi faites-le décider;
Qu'il songe qui des deux il veut rendre ou garder;
Enfin qu'il me renvoie, ou bien qu'il vous le livre.
Adieu. S'il y consent, je suis prête à vous suivre.

1. *que* : sans que ou avant que.

Questions

Compréhension

1. Quel est le ton d'Oreste au début de la scène (v. 481 à 504)? Convient-il à la situation?
2. Comment Hermione réagit-elle (v. 505-511)?
3. Comment qualifieriez-vous son attitude vis-à-vis d'Oreste (v. 519-528)? Quel est son mot le plus cruel? Cette cruauté est-elle délibérée?
4. Pourquoi Oreste parle-t-il de lui à la troisième personne, aux vers 531-532?
5. Que penser de la solution que propose Oreste (v. 566-569)? Le convainc-t-elle lui-même?
6. Vers qui va votre sympathie dans ce cruel affrontement?

Écriture

7. Relevez dans le langage d'Oreste quelques termes qui appartiennent au langage galant.
8. Comment Oreste évoque-t-il la barbarie des Scythes?

Mise en scène

9. Si vous étiez metteur en scène, comment souligneriez-vous que cette scène s'apparente à un duel?

SCÈNE 3. Oreste, *seul*

Oui, oui, vous me suivrez, n'en doutez nullement :
Je vous réponds déjà de son consentement.
Je ne crains pas enfin que Pyrrhus la retienne :
Il n'a devant les yeux que sa chère Troyenne;
Tout autre objet[1] le blesse; et peut-être aujourd'hui
Il n'attend qu'un prétexte à l'éloigner de lui.
Nous n'avons qu'à parler : c'en est fait. Quelle joie
D'enlever à l'Épire une si belle proie!
Sauve tout ce qui reste et de Troie et d'Hector,
Garde son fils, sa veuve, et mille autres encor,
Épire : c'est assez qu'Hermione rendue
Perde à jamais tes bords et ton prince de vue.
Mais un heureux destin le conduit en ces lieux.
Parlons. À tant d'attraits, Amour, ferme ses yeux!

SCÈNE 4. Pyrrhus, Oreste, Phœnix

Pyrrhus
Je vous cherchais, Seigneur. Un peu de violence
M'a fait de vos raisons combattre la puissance,
Je l'avoue; et depuis que je vous ai quitté,
J'en[2] ai senti la force et connu[3] l'équité.
J'ai songé, comme vous, qu'à la Grèce, à mon père,
À moi-même, en un mot, je devenais contraire;
Que je relevais Troie, et rendais imparfait
Tout ce qu'a fait Achille et tout ce que j'ai fait.
Je ne condamne plus un courroux légitime,
Et l'on vous va, Seigneur, livrer votre victime.

Oreste
Seigneur, par ce conseil[4] prudent et rigoureux,

1. *objet* : personne aimée.
2. *en* : de vos raisons.
3. *connu* : reconnu.
4. *conseil* : décision.

C'est acheter la paix du sang d'un malheureux.

PYRRHUS
Oui. Mais je veux, Seigneur, l'assurer davantage :
D'une éternelle paix Hermione est le gage;
Je l'épouse. Il semblait qu'un spectacle si doux
N'attendît en ces lieux qu'un témoin tel que vous.
Vous y représentez tous les Grecs et son père,
Puisqu'en vous Ménélas voit revivre son frère.
Voyez-la donc. Allez. Dites-lui que demain
J'attends, avec la paix, son cœur de votre main.

ORESTE
Ah Dieux!

Questions

Compréhension

1. Quels sentiments animent Oreste dans la scène 3?
2. Quel est le ton de Pyrrhus dans la scène 4?

Écriture

3. Le procédé du monologue vous paraît-il naturel?
4. L'exclamation d'Oreste au vers 625 vous touche-t-elle? Pourrait-elle être remplacée par une phrase plus développée, plus explicite? Essayez de la rédiger.

Mise en scène

5. Quel jeu suggèreriez-vous à Oreste dans son monologue?

SCÈNE 5. PYRRHUS, PHŒNIX

PYRRHUS

Hé bien, Phœnix, l'amour est-il le maître?
Tes yeux refusent-ils encor de me connaître[1]?

PHŒNIX

Ah! je vous reconnais; et ce juste courroux,
Ainsi qu'à tous les Grecs, Seigneur, vous rend à vous.
Ce n'est plus le jouet d'une flamme servile[2] :
C'est Pyrrhus, c'est le fils et le rival d'Achille,
Que la gloire à la fin ramène sous ses lois,
Qui triomphe de Troie une seconde fois.

PYRRHUS

Dis plutôt qu'aujourd'hui commence ma victoire.
D'aujourd'hui seulement je jouis de ma gloire;
Et mon cœur, aussi fier que tu l'as vu soumis,
Croit avoir en l'amour vaincu mille ennemis.
Considère, Phœnix, les troubles que j'évite,
Quelle foule de maux l'amour traîne à sa suite,
Que d'amis, de devoirs j'allais sacrifier,
Quels périls... Un regard m'eût tout fait oublier.
Tous les Grecs conjurés fondaient sur un rebelle.
Je trouvais du plaisir à me perdre pour elle.

PHŒNIX

Oui, je bénis, Seigneur, l'heureuse cruauté
Qui vous rend...

PYRRHUS

Tu l'as vu, comme elle m'a traité.
Je pensais, en voyant sa tendresse alarmée,
Que son fils me la dût renvoyer désarmée.
J'allais voir le succès• de ses embrassements :
Je n'ai trouvé que pleurs mêlés d'emportements.
Sa misère• l'aigrit; et toujours plus farouche,

1. *connaître* : reconnaître.
2. *servile* : qui est d'un esclave.

Cent fois le nom d'Hector est sorti de sa bouche.
Vainement à son fils j'assurais mon secours :
«C'est Hector, disait-elle en l'embrassant toujours;
Voilà ses yeux, sa bouche, et déjà son audace;
C'est lui-même, c'est toi, cher époux, que j'embrasse.»
Et quelle est sa pensée? Attend-elle en ce jour
Que je lui laisse un fils pour nourrir son amour?

PHŒNIX

Sans doute. C'est le prix que vous gardait l'ingrate•.
Mais laissez-la, Seigneur.

PYRRHUS

Je vois ce qui la flatte[1].
Sa beauté la rassure; et malgré mon courroux,
L'orgueilleuse m'attend encore à ses genoux.
Je la verrais aux miens, Phœnix, d'un œil tranquille.
Elle est veuve d'Hector, et je suis fils d'Achille :
Trop de haine sépare Andromaque et Pyrrhus.

PHŒNIX

Commencez donc, Seigneur, à ne m'en parler plus.
Allez voir Hermione; et content[2] de lui plaire,
Oubliez à ses pieds jusqu'à votre colère.
Vous-même à cet hymen venez la disposer.
Est-ce sur un rival qu'il s'en faut reposer?
Il ne l'aime que trop.

PYRRHUS

Crois-tu, si je l'épouse,
Qu'Andromaque en son cœur n'en sera pas jalouse?

PHŒNIX

Quoi? toujours Andromaque occupe votre esprit?
Que vous importe, ô Dieux! sa joie ou son dépit?
Quel charme•, malgré vous, vers elle vous attire?

1. *ce qui la flatte* : ce qui lui donne de l'espoir.
2. *content* : vous contentant.

PYRRHUS
Non, je n'ai pas bien dit tout ce qu'il lui faut dire :
Ma colère à ses yeux n'a paru qu'à demi;
Elle ignore à quel point je suis son ennemi.
Retournons-y. Je veux la braver à sa vue,
Et donner à ma haine une libre étendue.
Viens voir tous ses attraits, Phœnix, humiliés.
Allons.

PHŒNIX
Allez, Seigneur, vous jeter à ses pieds.
Allez, en lui jurant que votre âme l'adore,
À de nouveaux mépris l'encourager encore.

PYRRHUS
Je le vois bien, tu crois que prêt à l'excuser
Mon cœur court après elle, et cherche à s'apaiser.

PHŒNIX
Vous aimez : c'est assez.

PYRRHUS
Moi l'aimer? une ingrate
Qui me hait d'autant plus que mon amour la flatte?
Sans parents, sans amis, sans espoir que sur moi,
Je puis perdre son fils; peut-être je le dois.
Étrangère... que dis-je? esclave dans l'Épire,
Je lui donne son fils, mon âme, mon empire :
Et je ne puis gagner dans son perfide cœur
D'autre rang que celui de son persécuteur?
Non, non, je l'ai juré, ma vengeance est certaine :
Il faut bien une fois justifier sa haine.
J'abandonne son fils. Que de pleurs vont couler!
De quel nom sa douleur me va-t-elle appeler!
Quel spectacle pour elle aujourd'hui se dispose!
Elle en mourra, Phœnix, et j'en serai la cause.
C'est lui mettre moi-même un poignard dans le sein.

PHŒNIX
Et pourquoi donc en faire éclater le dessein?
Que ne consultiez-vous tantôt votre faiblesse?

PYRRHUS

Je t'entends. Mais excuse un reste de tendresse.
Crains-tu pour ma colère un si faible combat?
D'un amour qui s'éteint c'est le dernier éclat.
Allons. À tes conseils, Phœnix, je m'abandonne.
Faut-il livrer son fils? faut-il voir Hermione?

PHŒNIX

Oui, voyez-la, Seigneur, et par des vœux soumis
Protestez-lui[1]...

PYRRHUS

Faisons tout ce que j'ai promis.

Épisode de la guerre de Troie décorant un vase grec, développé par Massias. Bibliothèque Nationale.

1. *protestez-lui* : promettez-lui avec un serment.

Questions

Compréhension

1. La tonalité de cette scène vous paraît-elle aussi tragique que celle des scènes précédentes?
2. Retrouve-t-on le Pyrrhus du premier acte?
3. Quelle image de lui donne-t-il ici?
4. Le trouvez-vous plus humain, plus attachant?
5. Quel regard porte sur lui Phœnix?
6. Comment cela se traduit-il?
7. Comment expliquez-vous la lucidité et la détermination de Phœnix?

Écriture

8. Si Pyrrhus n'interrompait pas Phœnix, comment pourrait-on achever le vers 644?
9. Quelle(s) remarque(s) vous inspire la ponctuation dans cette scène?

Mise en scène

10. Metteur en scène, comment suggéreriez-vous l'évolution des rapports entre Pyrrhus et son confident?
11. Acteur, sur quel ton diriez-vous la dernière réplique de Pyrrhus?

Bilan

L'action

• Ce que nous savons

Hermione promet à Oreste de le suivre si Pyrrhus ne livre pas Astyanax aux Grecs par amour pour Andromaque. Oreste croit voir ses vœux se réaliser.
Pyrrhus lui annonce son mariage prochain avec Hermione. Mais les raisons de ce revirement apparaissent comme des prétextes qui ne convainquent pas plus Phœnix son confident que lui-même ou les spectateurs.

• À quoi faut-il nous attendre?

Hermione (v. 590) comme Pyrrhus (v. 708) ont affiché des résolutions qui ne sauraient résister à leur passion. On ne peut donc qu'aller vers une crise que le désespoir d'Oreste (v. 625) peut infléchir de façon imprévisible.

Les personnages

• Ce que nous savons

Les portraits se sont affirmés
– Le «déplorable Oreste» : sa fragilité, sa naïveté, son tempérament de vaincu semblent le désigner comme première victime de la crise.
– Hermione semble triompher dans cet acte, mais son sort paraît incertain, tant les excès de sa passion et sa naïveté juvénile rendent vains ses calculs et tant Pyrrhus paraît peu résolu.
– Pyrrhus ne sort pas grandi. Prisonnier de son amour, il est sujet à des emportements qu'il tente en vain de faire passer pour des résolutions.

• À quoi faut-il nous attendre?

Andromaque n'est pas apparue au cours de cet acte; on sent pourtant sa présence, on attend son retour et sa décision.

ACTE III

SCÈNE 1. ORESTE, PYLADE

PYLADE

Modérez donc, Seigneur, cette fureur extrême.
Je ne vous connais plus : vous n'êtes plus vous-même.
Souffrez...

ORESTE

Non, tes conseils ne sont plus de saison,
Pylade, je suis las d'écouter la raison.
C'est traîner trop longtemps ma vie et mon supplice :
Il faut que je l'enlève, ou bien que je périsse.
Le dessein en est pris, je le veux achever.
Oui, je le veux.

PYLADE

Hé bien, il la faut enlever :
J'y consens. Mais songez cependant où vous êtes.
Que croira-t-on de vous, à voir ce que vous faites?
Dissimulez : calmez ce transport inquiet•;
Commandez à vos yeux de garder le secret.
Ces gardes, cette cour, l'air qui vous environne,
Tout dépend de Pyrrhus, et surtout Hermione.
À ses regards surtout cachez votre courroux.
Ô Dieux! en cet état pourquoi la cherchiez-vous?

ORESTE

Que sais-je? De moi-même étais-je alors le maître?
La fureur• m'emportait, et je venais peut-être
Menacer à la fois l'ingrate et son amant.

PYLADE

Et quel était[1] le fruit de cet emportement?

---

1. *était* : aurait été.

ORESTE

Et quelle âme, dis-moi, ne serait éperdue[1]
Du coup dont ma raison vient d'être confondue[2]?
Il épouse, dit-il, Hermione demain;
Il veut, pour m'honorer, la tenir de ma main.
Ah! plutôt cette main dans le sang du barbare...

PYLADE

Vous l'accusez, Seigneur, de ce destin bizarre[3].
Cependant, tourmenté de ses propres desseins,
Il est peut-être à plaindre autant que je vous plains.

ORESTE

Non, non; je le connais, mon désespoir le flatte•;
Sans moi, sans mon amour, il dédaignait l'ingrate•;
Ses charmes• jusque-là n'avaient pu le toucher :
Le cruel ne la prend que pour me l'arracher.
Ah Dieux! c'en était fait : Hermione gagnée
Pour jamais de sa vue allait être éloignée.
Son cœur, entre l'amour et le dépit confus[4],
Pour se donner à moi n'attendait qu'un refus :
Ses yeux s'ouvraient, Pylade; elle écoutait Oreste,
Lui parlait, le plaignait. Un mot eût fait le reste.

PYLADE

Vous le croyez.

ORESTE

Hé quoi? ce courroux enflammé
Contre un ingrat...

PYLADE

Jamais il ne fut plus aimé.
Pensez-vous, quand[5] Pyrrhus vous l'aurait accordée,
Qu'un prétexte tout prêt ne l'eût pas retardée?

---

1. *éperdue* : égarée.
2. *confondue* : bouleversée.
3. *bizarre* : capricieux.
4. *confus* : (le cœur) hésitant entre l'amour et le dépit.
5. *quand* : quand bien même.

M'en croirez-vous? Lassé de ses trompeurs attraits,
Au lieu de l'enlever, fuyez-la pour jamais.
Quoi? votre amour se veut charger d'une furie
Qui vous détestera, qui, toute votre vie
Regrettant un hymen tout prêt à s'achever,
Voudra...

ORESTE

C'est pour cela que je veux l'enlever.
Tout lui rirait, Pylade; et moi, pour mon partage,
Je n'emporterais donc qu'une inutile rage?
J'irais loin d'elle encor tâcher de l'oublier?
Non, non, à mes tourments je veux l'associer.
C'est trop gémir tout seul. Je suis las qu'on me plaigne :
Je prétends qu'à mon tour l'inhumaine• me craigne,
Et que ses yeux cruels, à pleurer condamnés,
Me rendent tous les noms que je leur ai donnés.

PYLADE

Voilà donc le succès• qu'aura votre ambassade :
Oreste ravisseur!

ORESTE

Et qu'importe, Pylade?
Quand nos États vengés jouiront de mes soins,
L'ingrate de mes pleurs jouira-t-elle moins?
Et que me servira que la Grèce m'admire,
Tandis que je serai la fable[1] de l'Épire?
Que veux-tu? Mais, s'il faut ne te rien déguiser,
Mon innocence enfin commence à me peser.
Je ne sais de tout temps quelle injuste puissance
Laisse le crime en paix et poursuit l'innocence.
De quelque part sur moi que je tourne les yeux,
Je ne vois que malheurs qui condamnent les Dieux.
Méritons leur courroux, justifions leur haine,
Et que le fruit du crime en précède la peine.
Mais toi, par quelle erreur veux-tu toujours sur toi

1. *la fable* : la risée.

Détourner un courroux qui ne cherche que moi?
Assez et trop longtemps[1] mon amitié t'accable :
Évite un malheureux, abandonne un coupable.
Cher Pylade, crois-moi, ta pitié te séduit•.
Laisse-moi des périls dont j'attends tout le fruit.
Porte aux Grecs cet enfant que Pyrrhus m'abandonne.
Va-t'en.

PYLADE

Allons, Seigneur, enlevons Hermione.
Au travers des périls un grand cœur• se fait jour[2].
Que ne peut l'amitié conduite par l'amour?
Allons de tous vos Grecs encourager le zèle.
Nos vaisseaux sont tout prêts, et le vent nous appelle.
Je sais de ce palais tous les détours obscurs;
Vous voyez que la mer en vient battre les murs;
Et cette nuit, sans peine, une secrète voie
Jusqu'en votre vaisseau conduira votre proie.

ORESTE

J'abuse, cher ami, de ton trop d'amitié.
Mais pardonne à des maux dont toi seul as pitié;
Excuse un malheureux qui perd• tout ce qu'il aime,
Que tout le monde hait, et qui se hait lui-même.
Que ne puis-je à mon tour dans un sort plus heureux...

PYLADE

Dissimulez, Seigneur : c'est tout ce que je veux.
Gardez• qu'avant le coup[3] votre dessein n'éclate :
Oubliez jusque-là qu'Hermione est ingrate;
Oubliez votre amour. Elle vient, je la voi[4].

ORESTE

Va-t'en. Réponds-moi d'elle, et je réponds de moi.

---

1. *trop longtemps* : depuis trop longtemps.
2. *se fait jour* : se manifeste.
3. *le coup* : l'action, l'exécution du projet.
4. *voi* : vois (orthographe conforme à l'étymologie).

Questions

Compréhension

• **Oreste**

1. Comment expliquer sa «fureur extrême»?
2. Pourquoi répète-t-il : «je le veux» (v. 715-716)?
3. Analysez l'évolution de son personnage au cours de cette scène.
4. Quel(s) sentiment(s) l'anime(nt), en particulier aux vers 756-764?
5. Comment comprenez-vous le vers 772? Rapprochez-le des vers 491-492 et 1613-1616.
6. Oreste suscite-t-il votre compassion?
7. Comment, à travers lui, pourriez-vous définir le tragique?

• **Pylade**

8. Sa clairvoyance est cruelle pour Oreste; donnez-en quelques exemples.
9. Comment expliquer son revirement?

Écriture

10. Relevez quelques mots et tournures qui révèlent l'égarement d'Oreste.
11. Quel est le ton des vers 790-794?

Mise en scène

12. Comment diriez-vous l'hémistiche (747) : «Vous le croyez»?*
13. Comment diriez-vous les vers 765-766?

* Voir lexique technique p. 159.

SCÈNE 2. HERMIONE, ORESTE, CLÉONE

ORESTE
Hé bien! mes soins vous ont rendu votre conquête.
J'ai vu Pyrrhus, Madame, et votre hymen s'apprête.

HERMIONE
On le dit; et de plus on vient de m'assurer
Que vous ne me cherchiez que pour m'y préparer.

ORESTE
Et votre âme à ses vœux• ne sera pas rebelle?

HERMIONE
Qui l'eût cru, que Pyrrhus ne fût pas infidèle?
Que sa flamme• attendrait si tard pour éclater•,
Qu'il reviendrait à moi quand je l'allais quitter?
Je veux croire avec vous qu'il redoute la Grèce,
Qu'il suit son intérêt plutôt que sa tendresse,
Que mes yeux sur votre âme étaient plus absolus[1].

ORESTE
Non, Madame : il vous aime, et je n'en doute plus.
Vos yeux ne font-ils pas tout ce qu'ils veulent faire?
Et vous ne vouliez pas sans doute lui déplaire.

HERMIONE
Mais que puis-je, Seigneur? On a promis ma foi•.
Lui ravirai-je un bien qu'il ne tient pas de moi?
L'amour ne règle pas le sort d'une princesse :
La gloire d'obéir est tout ce qu'on nous laisse.
Cependant je partais; et vous avez pu voir
Combien je relâchais[2] pour vous de mon devoir.

ORESTE
Ah! que vous saviez bien, cruelle... Mais, Madame,
Chacun peut à son choix disposer de son âme.

1. *absolus* : avaient un pouvoir plus absolu.
2. *je relâchais de mon devoir* : je négligeais mon devoir.

La vôtre était à vous. J'espérais; mais enfin
Vous l'avez pu donner sans me faire un larcin.
Je vous accuse aussi bien moins que la fortune•.
Et pourquoi vous lasser d'une plainte importune?
Tel est votre devoir, je l'avoue; et le mien
Est de vous épargner un si triste entretien.

SCÈNE 3. HERMIONE, CLÉONE

HERMIONE

Attendais-tu, Cléone, un courroux si modeste[1]?

CLÉONE

La douleur qui se tait n'en est que plus funeste.
Je le plains : d'autant plus qu'auteur de son ennui•,
Le coup qui l'a perdu n'est parti que de lui.
Comptez depuis quel temps votre hymen se prépare :
Il a parlé, Madame, et Pyrrhus se déclare.

HERMIONE

Tu crois que Pyrrhus craint? Et que craint-il encor?
Des peuples qui dix ans ont fui devant Hector,
Qui, cent fois effrayés de l'absence d'Achille,
Dans leurs vaisseaux brûlants ont cherché leur asile,
Et qu'on verrait encor, sans l'appui de son fils,
Redemander Hélène aux Troyens impunis?
Non, Cléone, il n'est point ennemi de lui-même;
Il veut tout ce qu'il fait; et s'il m'épouse, il m'aime.
Mais qu'Oreste à son gré m'impute ses douleurs :
N'avons-nous d'entretien que celui de ses pleurs?
Pyrrhus revient à nous. Hé bien! chère Cléone,
Conçois-tu les transports de l'heureuse Hermione?
Sais-tu quel est Pyrrhus? T'es-tu fait raconter
Le nombre des exploits... Mais qui les peut compter?
Intrépide, et partout suivi de la victoire,

1. *modeste* : modéré.

Charmant[1], fidèle enfin, rien ne manque à sa gloire.
Songe...

CLÉONE

Dissimulez. Votre rivale en pleurs
Vient à vos pieds, sans doute, apporter ses douleurs.

HERMIONE

Dieux! ne puis-je à ma joie abandonner mon âme?
Sortons : que lui dirais-je?

SCÈNE 4. ANDROMAQUE, HERMIONE, CLÉONE, CÉPHISE

ANDROMAQUE

Où fuyez-vous, Madame?
N'est-ce point à vos yeux un spectacle assez doux
Que la veuve d'Hector pleurante à vos genoux?
Je ne viens point ici, par de jalouses larmes,
Vous envier un cœur qui se rend à vos charmes•.
Par une main cruelle, hélas! j'ai vu percer
Le seul où mes regards prétendaient s'adresser.
Ma flamme par Hector fut jadis allumée;
Avec lui dans la tombe elle s'est enfermée;
Mais il me reste un fils. Vous saurez quelque jour,
Madame, pour un fils, jusqu'où va notre amour;
Mais vous ne saurez pas, du moins, je le souhaite,
En quel trouble mortel son intérêt[2] nous jette,
Lorsque de tant de biens qui pouvaient nous flatter•,
C'est le seul qui nous reste, et qu'on veut nous l'ôter.
Hélas! lorsque lassés de dix ans de misère,
Les Troyens en courroux menaçaient votre mère•,
J'ai su de mon Hector lui procurer l'appui.
Vous pouvez sur Pyrrhus ce que j'ai pu sur lui.

---

1. *charmant* : irrésistible.
2. *son intérêt* : l'intérêt que nous lui portons.

Que craint-on d'un enfant qui survit à sa perte•?
Laissez-moi le cacher en quelque île déserte.
Sur[1] les soins de sa mère on peut s'en assurer[2],
Et mon fils avec moi n'apprendra qu'à pleurer.

HERMIONE
Je conçois vos douleurs. Mais un devoir austère,
Quand mon père a parlé, m'ordonne de me taire.
C'est lui qui de Pyrrhus fait agir le courroux.
S'il faut fléchir Pyrrhus, qui le peut mieux que vous?
Vos yeux assez longtemps ont régné sur son âme.
Faites-le prononcer[3] : j'y souscrirai, Madame.

SCÈNE 5. ANDROMAQUE, CÉPHISE

ANDROMAQUE
Quel mépris la cruelle attache à ses refus!

CÉPHISE
Je croirais ses conseils, et je verrais Pyrrhus.
Un regard confondrait[4] Hermione et la Grèce...
Mais lui-même il vous cherche.

1. *sur les soins* : en se fondant sur les inquiétudes.
2. *s'en assurer* : avoir confiance dans.
3. *prononcer* : se prononcer.
4. *confondrait* : ferait la perte.

Questions

Compréhension

1. Comment expliquer le changement de ton d'Oreste dans la scène 2?
2. Hermione a-t-elle le moindre doute sur la décision de Pyrrhus?
3. Quelle(s) raison(s) donne-t-elle à cette décision?
4. Quel trait du caractère d'Hermione révèlent les vers 819-820?
5. Que pensez-vous de l'emploi du pronom «on»?
6. Dans la scène 3, montrez comment à la lucidité de Cléone s'oppose l'aveuglement d'Hermione.
7. Quel trait du caractère d'Hermione révèlent les vers 847-848?
8. À quelles circonstances les vers 840-844 font-ils référence?
9. Quels arguments Andromaque utilise-t-elle pour toucher Hermione dans la scène 4? Peuvent-ils atteindre leur but?
10. La trouvez-vous émouvante?
11. Comment jugez-vous l'attitude d'Hermione dans les vers 881-886?

Écriture

12. «...et s'il m'épouse, il m'aime» (v. 846). Quel est le ton de cet hémistiche*? Développez-en la formulation.
13. Sous quelle forme vous paraît-il le plus explicite?
14. Quelle est la fonction de «la Grèce» (v. 889)?
15. Quelle figure de style Andromaque utilise-t-elle aux vers 865-866?

Mise en scène

16. Étudiez le changement de la scène 3 à la scène 4.
17. Comment marqueriez-vous la césure* du vers 867?
18. Comment opposeriez-vous les deux femmes (costumes, attitudes, gestes...)? Tenteriez-vous «d'orienter» la sympathie des spectateurs?

* Voir lexique technique p. 159.

SCÈNE 6. PYRRHUS, ANDROMAQUE, PHŒNIX, CÉPHISE

PYRRHUS, *à Phœnix.*

Où donc est la princesse?
Ne m'avais-tu pas dit qu'elle était en ces lieux?

PHŒNIX
Je le croyais.

ANDROMAQUE, *à Céphise.*
Tu vois le pouvoir de mes yeux.

PYRRHUS
Que dit-elle, Phœnix?

ANDROMAQUE
Hélas! tout m'abandonne.

PHŒNIX
Allons, Seigneur, marchons sur les pas d'Hermione.

CÉPHISE
Qu'attendez-vous? rompez ce silence obstiné.

ANDROMAQUE
Il a promis mon fils.

CÉPHISE
Il ne l'a pas donné.

ANDROMAQUE
Non, non, j'ai beau pleurer, sa mort est résolue.

PYRRHUS
Daigne-t-elle sur nous tourner au moins la vue?
Quel orgueil!

ANDROMAQUE

Je ne fais que l'irriter encor[1].
Sortons.

PYRRHUS

Allons aux Grecs livrer le fils d'Hector.

ANDROMAQUE

Ah! Seigneur, arrêtez! Que prétendez-vous faire?
Si vous livrez le fils, livrez-leur donc la mère.
Vos serments m'ont tantôt[2] juré tant d'amitié•!
Dieux! ne pourrai-je au moins toucher votre pitié?
Sans espoir de pardon m'avez-vous condamnée?

PYRRHUS

Phœnix vous le dira, ma parole est donnée.

ANDROMAQUE

Vous qui braviez pour moi tant de périls divers!

PYRRHUS

J'étais aveugle alors : mes yeux se sont ouverts.
Sa grâce à vos désirs pouvait être accordée;
Mais vous ne l'avez pas seulement demandée;
C'en est fait.

ANDROMAQUE

Ah! Seigneur, vous entendiez assez
Des soupirs qui craignaient de se voir repoussés.
Pardonnez à l'éclat d'une illustre fortune[3]
Ce reste de fierté qui craint d'être importune.
Vous ne l'ignorez pas : Andromaque sans vous
N'aurait jamais d'un maître embrassé les genoux[4].

---

1. *encor* : encore plus.
2. *tantôt* : il y a peu de temps.
3. *fortune* : ma condition (passée).
4. *embrasser les genoux* : supplier.

PYRRHUS

Non, vous me haïssez; et dans le fond de l'âme
Vous craignez de devoir quelque chose à ma flamme.
Ce fils même, ce fils, l'objet de tant de soins•,
Si je l'avais sauvé, vous l'en aimeriez moins.
La haine, le mépris, contre moi tout s'assemble;
Vous me haïssez plus que tous les Grecs ensemble.
Jouissez à loisir d'un si noble courroux.
Allons, Phœnix.

ANDROMAQUE

Allons rejoindre mon époux.

CÉPHISE

Madame...

ANDROMAQUE

Et que veux-tu que je lui dise encore?
Auteur de tous mes maux, crois-tu qu'il les ignore?
Seigneur, voyez l'état où vous me réduisez.
J'ai vu mon père mort, et nos murs embrasés;
J'ai vu trancher les jours de ma famille entière,
Et mon époux sanglant traîné sur la poussière,
Son fils, seul avec moi, réservé pour les fers.
Mais que ne peut un fils? Je respire, je sers•.
J'ai fait plus : je me suis quelquefois consolée
Qu'ici, plutôt qu'ailleurs, le sort m'eût exilée;
Qu'heureux dans son malheur, le fils de tant de rois,
Puisqu'il devait servir, fût tombé sous vos lois.
J'ai cru que sa prison deviendrait son asile.
Jadis Priam soumis fut respecté d'Achille;
J'attendais de son fils encor plus de bonté.
Pardonne, cher Hector, à ma crédulité.
Je n'ai pu soupçonner ton ennemi d'un crime;
Malgré lui-même enfin je l'ai cru magnanime.
Ah! s'il l'était assez pour nous laisser du moins
Au tombeau qu'à ta cendre ont élevé mes soins•,
Et que, finissant là sa haine et nos misères,
Il ne séparât point des dépouilles si chères!

PYRRHUS

Va m'attendre, Phœnix.

Questions

Compréhension

1. Décomposez la scène en mouvements. Ces mouvements ont-ils la même densité, la même tonalité?
2. On a parlé, à propos de cette scène, de la «vertueuse coquetterie» d'Andromaque. Partagez-vous ce jugement?
Faites la part de la sincérité et du calcul dans ses paroles.
3. Andromaque vous émeut-elle?
4. Pourquoi Pyrrhus congédie-t-il Phœnix?

Écriture

5. Cette scène exploite un procédé dramatique : la stichomythie (voir p. 159); quel est l'effet produit ici par le recours à ce procédé?

Mise en scène

6. Vous paraîtrait-il nécessaire de rendre crédibles les apartés?
7. Comment disposeriez-vous les personnages sur la scène?

Lisette Malidor est Andromaque au Théâtre 14, dans une mise en scène d'Anne Delbée (janvier 1992).

SCÈNE 7. PYRRHUS, ANDROMAQUE, CÉPHISE

PYRRHUS *continue*

Madame, demeurez.
On peut vous rendre encor ce fils que vous pleurez.
Oui, je sens à regret qu'en excitant vos larmes
Je ne fais contre moi que vous donner des armes.
Je croyais apporter plus de haine en ces lieux.
Mais, Madame, du moins tournez vers moi les yeux :
Voyez si mes regards sont d'un juge sévère,
S'ils sont d'un ennemi qui cherche à vous déplaire.
Pourquoi me forcez-vous vous-même à vous trahir?
Au nom de votre fils, cessons de nous haïr.
À le sauver enfin c'est moi qui vous convie.
Faut-il que mes soupirs vous demandent sa vie?
Faut-il qu'en sa faveur j'embrasse vos genoux?
Pour la dernière fois, sauvez-le, sauvez-vous.
Je sais de quels serments je romps pour vous les chaînes,
Combien je vais sur moi faire éclater de haines.
Je renvoie Hermione, et je mets sur son front,
Au lieu de ma couronne, un éternel affront.
Je vous conduis au temple où son hymen s'apprête;
Je vous ceins du bandeau[1] préparé pour sa tête.
Mais ce n'est plus, Madame, une offre à dédaigner :
Je vous le dis, il faut ou périr ou régner.
Mon cœur, désespéré d'un an d'ingratitude,
Ne peut plus de son sort souffrir l'incertitude.
C'est craindre, menacer et gémir trop longtemps.
Je meurs si je vous perds, mais je meurs si j'attends.
Songez-y : je vous laisse; et je viendrai vous prendre
Pour vous mener au temple, où ce fils doit m'attendre;
Et là vous me verrez, soumis ou furieux,
Vous couronner, Madame, ou le perdre• à vos yeux.

1. *bandeau* : équivalent alors du diadème.

Questions

Compréhension

1. Décomposez le discours de Pyrrhus en deux mouvements.
2. Quels mots résonnent le plus dramatiquement au vers 960 ?
3. Le ton des deux derniers vers est-il celui du reste du discours ?

Écriture

4. Quelle observation faites-vous sur le temps employé aux vers 963-966 ?
5. Comment comprenez-vous le « on » du vers 948 ?
6. Où placez-vous la césure* du vers 948 ?

Mise en scène

7. Quelle(s) attitude(s) peut adopter Andromaque pendant le discours de Pyrrhus ?

Georges Descrières (Pyrrhus) et Louise Conte (Andromaque) à la Comédie-Française, en 1964.

SCÈNE 8. ANDROMAQUE, CÉPHISE

CÉPHISE

Je vous l'avais prédit, qu'en dépit de la Grèce,
De votre sort encor vous seriez la maîtresse.

ANDROMAQUE

Hélas! de quel effet• tes discours sont suivis!
Il ne me restait plus qu'à condamner mon fils.

CÉPHISE

Madame, à votre époux c'est être assez fidèle :
Trop de vertu pourrait vous rendre criminelle.
Lui-même il porterait votre âme à la douceur.

ANDROMAQUE

Quoi? je lui donnerais Pyrrhus pour successeur?

CÉPHISE

Ainsi le veut son fils, que les Grecs vous ravissent.
Pensez-vous qu'après tout ses mânes[1] en rougissent;
Qu'il méprisât[2], Madame, un roi victorieux
Qui vous fait remonter au rang de vos aïeux,
Qui foule aux pieds pour vous vos vainqueurs en colère,
Qui ne se souvient plus qu'Achille était son père,
Qui dément[3] ses exploits et les rend superflus?

ANDROMAQUE

Dois-je les oublier, s'il ne s'en souvient plus?
Dois-je oublier Hector privé de funérailles,
Et traîné sans honneur autour de nos murailles?
Dois-je oublier son père à mes pieds renversé,
Ensanglantant l'autel qu'il tenait embrassé?
Songe, songe, Céphise, à cette nuit cruelle
Qui fut pour tout un peuple une nuit éternelle.

---

1. *mânes* : les âmes des morts.
2. *méprisât* : cet imparfait du subjonctif a une valeur de conditionnel. Il faut sous-entendre : s'il vous voyait l'épouser.
3. *dément* : renie.

Figure-toi Pyrrhus, les yeux étincelants,
Entrant à la lueur de nos palais brûlants,
Sur tous mes frères• morts se faisant un passage,
Et de sang tout couvert échauffant[1] le carnage.
Songe aux cris des vainqueurs, songe aux cris des mourants,
Dans la flamme étouffés, sous le fer expirants
Peins-toi dans ces horreurs Andromaque éperdue :
Voilà comme Pyrrhus vint s'offrir à ma vue;
Voilà par quels exploits il sut se couronner;
Enfin voilà l'époux que tu me veux donner.
Non, je ne serai point complice de ses crimes;
Qu'il nous prenne, s'il veut, pour dernières victimes.
Tous mes ressentiments lui seraient asservis•.

CÉPHISE
Hé bien! allons donc voir expirer votre fils :
On n'attend plus que vous. Vous frémissez, Madame!

ANDROMAQUE
Ah! de quel souvenir viens-tu frapper mon âme!
Quoi? Céphise, j'irai voir expirer encor
Ce fils, ma seule joie, et l'image d'Hector :
Ce fils, que de sa flamme• il me laissa pour gage!
Hélas! je m'en souviens, le jour que son courage
Lui fit chercher Achille, ou plutôt le trépas,
Il demanda son fils, et le prit dans ses bras :
«Chère épouse, dit-il en essuyant mes larmes,
J'ignore quel succès• le sort garde[2] à mes armes;
Je te laisse mon fils pour gage de ma foi.
S'il me perd, je prétends• qu'il me retrouve en toi.
Si d'un heureux hymen la mémoire t'est chère,
Montre au fils à quel point tu chérissais le père.»
Et je puis voir répandre un sang si précieux?
Et je laisse avec lui périr tous ses aïeux?
Roi barbare, faut-il que mon crime l'entraîne•?

1. *échauffant* : excitant.
2. *garde* : réserve.

Si je te hais, est-il coupable de ma haine?
T'a-t-il de tous les siens reproché le trépas?
S'est-il plaint à tes yeux des maux qu'il ne sent pas?
Mais cependant, mon fils, tu meurs, si je n'arrête
Le fer que le cruel tient levé sur ta tête.
Je l'en puis détourner, et je t'y vais offrir?
Non, tu ne mourras point : je ne le puis souffrir.
Allons trouver Pyrrhus. Mais non, chère Céphise,
Va le trouver pour moi.

CÉPHISE

Que faut-il que je dise?

ANDROMAQUE

Dis-lui que de mon fils l'amour est assez fort...
Crois-tu que dans son cœur il ait juré sa mort?
L'amour peut-il si loin pousser sa barbarie?

CÉPHISE

Madame, il va bientôt revenir en furie.

ANDROMAQUE

Hé bien! va l'assurer...

CÉPHISE

De quoi? de votre foi•?

ANDROMAQUE

Hélas! pour la promettre est-elle encore à moi?
Ô cendres d'un époux! ô Troyens! ô mon père!
Ô mon fils, que tes jours coûtent cher à ta mère!
Allons.

CÉPHISE

Où donc, Madame, et que résolvez-vous[1]?

ANDROMAQUE

Allons sur son tombeau consulter mon époux.

---

1. *que résolvez-vous?* : quelle résolution, décision prenez-vous?

Questions

Compréhension

1. Dans cette scène, on trouve deux tableaux, deux visions inspirées respectivement de l'Énéide (livre II) et de l'Iliade (chant VI). Reportez-vous à ces sources.
2. Comment ces deux visions s'opposent-elles dans la mémoire d'Andromaque?
3. Andromaque emploie, aux vers 992-993, le verbe «devoir» : quel(s) sens donner à ce verbe et quel aspect ambigu du personnage d'Andromaque confirme-t-il?
4. L'évocation de Pyrrhus (v. 999-1000) : comment vous apparaît-il? Comment est-il apparu à Andromaque?
5. Quel rôle le dernier vers de la scène – qui est aussi le dernier de l'acte – joue-t-il dans le déroulement de la pièce?

Écriture

6. «songe»... «figure-toi»... «peins-toi»... dit Andromaque à Céphise : que pensez-vous du choix de ces verbes?
7. Qu'est-ce qui, dans la vision d'Andromaque, fait encore penser à un tableau?

Mise en scène

8. Préféreriez-vous une Andromaque statique ou, au contraire, en mouvement? Quels seraient, selon vous, les mérites respectifs de ces deux options?
9. Vous paraîtrait-il souhaitable que des jeux d'éclairage viennent accentuer la vision presque hallucinée d'Andromaque?

Bilan

L'action

• Ce que nous savons

Oreste, furieux, projette avec Pylade l'enlèvement d'Hermione. De son côté, celle-ci se laisse aller à la joie de son mariage – qu'elle croit proche – avec Pyrrhus. Elle repousse Andromaque venue implorer son intervention auprès de Pyrrhus pour Astyanax. Cette dernière supplie alors Pyrrhus qui la place de nouveau devant l'alternative : elle l'épouse ou elle perd son fils. Partagée entre sa haine pour Pyrrhus et sa fidélité à l'image vivante d'Hector qu'est Astyanax, elle va chercher un conseil sur la tombe de son époux.

• À quoi faut-il nous attendre?

La situation paraît donc bloquée et, comme à la fin de l'acte I, suspendue à la décision d'Andromaque. La tension s'en trouve exaspérée et seuls l'aveuglement, l'inconscience d'Hermione et d'Oreste pourraient dénouer dramatiquement cette situation.

Les personnages

• Ce que nous savons

Orgueilleuse jusqu'à la cruauté, naïve jusqu'à l'aveuglement, Hermione est toute entière à sa joie. Oreste, dans sa fureur, mais aussi dans son inquiétante maîtrise de soi (scène 2), n'est pas plus qu'Hermione conscient de ce qui se prépare.

Pyrrhus est tour à tour suppliant et menaçant; de là l'alternative qu'il propose à Andromaque (vers 976) : il apparaît résolu mais on le sait dominé par sa passion.

• À quoi faut-il nous attendre?

Andromaque, mère prête à se sacrifier mais aussi épouse fidèle à son amour, n'en est pas moins capable, on l'a vu, de se montrer femme habile. Si la décision semble lui appartenir, les outrances d'Hermione et d'Oreste laissent présager une issue nécessairement violente.

ACTE IV

SCÈNE 1. ANDROMAQUE, CÉPHISE

CÉPHISE

Ah! je n'en doute point : c'est votre époux, Madame,
C'est Hector qui produit ce miracle en votre âme.
Il veut que Troie encor se puisse relever
Avec cet heureux fils qu'il vous fait conserver.
Pyrrhus vous l'a promis. Vous venez de l'entendre,
Madame : il n'attendait qu'un mot pour vous le rendre.
Croyez-en ses transports : père, sceptre, alliés,
Content• de votre cœur, il met tout à vos pieds.
Sur lui, sur tout son peuple il vous rend souveraine.
Est-ce là ce vainqueur digne de tant de haine?
Déjà contre les Grecs plein d'un noble courroux,
Le soin• de votre fils le touche[1] autant que vous :
Il prévient• leur fureur, il lui laisse sa garde;
Pour ne pas l'exposer, lui-même il se hasarde[2].
Mais tout s'apprête au temple, et vous avez promis.

ANDROMAQUE

Oui, je m'y trouverai. Mais allons voir mon fils.

CÉPHISE

Madame, qui vous presse? Il suffit que sa vue
Désormais à vos yeux ne soit plus défendue.
Vous lui pourrez bientôt prodiguer vos bontés,
Et vos embrassements ne seront plus comptés.
Quel plaisir d'élever un enfant qu'on voit craître[3],
Non plus comme un esclave élevé pour son maître,
Mais pour voir avec lui renaître tant de rois!

---

1. *touche* : préoccupe.
2. *se hasarde* : il prend des risques.
3. *craître* : croître.

ANDROMAQUE
Céphise, allons le voir pour la dernière fois.

CÉPHISE
Que dites-vous? ô Dieux!

ANDROMAQUE
Ô ma chère Céphise,
Ce n'est point avec toi que mon cœur se déguise.
Ta foi•, dans mon malheur, s'est montrée à mes yeux;
Mais j'ai cru qu'à mon tour tu me connaissais mieux.
Quoi donc? as-tu pensé qu'Andromaque infidèle•
Pût trahir un époux qui croit revivre en elle;
Et que de tant de morts réveillant la douleur,
Le soin de mon repos me fît troubler le leur?
Est-ce là cette ardeur tant promise à sa cendre?
Mais son fils périssait[1] : il l'a fallu défendre,
Pyrrhus en m'épousant s'en déclare l'appui;
Il suffit : je veux bien m'en reposer sur lui.
Je sais quel est Pyrrhus. Violent, mais sincère,
Céphise, il fera plus qu'il n'a promis de faire.
Sur le courroux des Grecs je m'en repose encor :
Leur haine va donner un père au fils d'Hector.
Je vais donc, puisqu'il faut que je me sacrifie,
Assurer[2] à Pyrrhus le reste de ma vie;
Je vais, en recevant sa foi• sur les autels,
L'engager à mon fils par des nœuds• immortels.
Mais aussitôt ma main, à moi seule funeste,
D'une infidèle• vie abrégera le reste,
Et, sauvant ma vertu, rendra ce que je doi
À Pyrrhus, à mon fils, à mon époux, à moi.
Voilà de mon amour l'innocent stratagème;
Voilà ce qu'un époux m'a commandé lui-même.
J'irai seule rejoindre Hector et mes aïeux.
Céphise, c'est à toi de me fermer les yeux.

1. *périssait* : allait périr.
2. *assurer* : engager.

CÉPHISE
Ah! ne prétendez pas que je puisse survivre...

ANDROMAQUE
Non, non, je te défends, Céphise, de me suivre.
Je confie à tes soins mon unique trésor :
Si tu vivais pour moi, vis pour le fils d'Hector.
De l'espoir des Troyens seule dépositaire,
Songe à combien de rois tu deviens nécessaire.
Veille auprès de Pyrrhus; fais-lui garder sa foi• :
S'il le faut, je consens qu'on lui parle de moi.
Fais-lui valoir l'hymen où je me suis rangée[1];
Dis-lui qu'avant ma mort je lui fus engagée,
Que ses ressentiments doivent être effacés,
Qu'en lui laissant mon fils, c'est l'estimer assez.
Fais connaître à mon fils les héros de sa race;
Autant que tu pourras, conduis-le sur leur trace.
Dis-lui par quels exploits leurs noms ont éclaté[2];
Plutôt ce qu'ils ont fait que ce qu'ils ont été;
Parle-lui tous les jours des vertus de son père;
Et quelquefois aussi parle-lui de sa mère.
Mais qu'il ne songe plus, Céphise, à nous venger :
Nous lui laissons un maître, il le doit ménager.
Qu'il ait de ses aïeux un souvenir modeste;
Il est du sang• d'Hector, mais il en est le reste;
Et pour ce reste enfin j'ai moi-même en un jour
Sacrifié mon sang, ma haine et mon amour.

CÉPHISE
Hélas!

ANDROMAQUE
Ne me suis point, si ton cœur en alarmes
Prévoit qu'il ne pourra commander à tes larmes.
On vient. Cache tes pleurs, Céphise; et souviens-toi
Que le sort d'Andromaque est commis[3] à ta foi•.
C'est Hermione. Allons, fuyons sa violence.

1. *rangée* : réduite.
2. *éclaté* : brillé.
3. *commis* : confié.

SCÈNE 2. HERMIONE, CLÉONE

CLÉONE

Non, je ne puis assez admirer• ce silence.
Vous vous taisez, Madame; et ce cruel mépris
N'a pas du moindre trouble agité vos esprits?
Vous soutenez en paix une si rude attaque,
Vous qu'on voyait frémir au seul nom d'Andromaque?
Vous qui sans désespoir ne pouviez endurer
Que Pyrrhus d'un regard la voulût honorer?
Il l'épouse : il lui donne, avec son diadème,
La foi• que vous venez de recevoir vous-même,
Et votre bouche encor muette à tant d'ennui•
N'a pas daigné s'ouvrir pour se plaindre de lui!
Ah! que je crains, Madame, un calme si funeste•!
Et qu'il vaudrait bien mieux...

HERMIONE

Fais-tu venir Oreste?

CLÉONE

Il vient, Madame, il vient; et vous pouvez juger
Que bientôt à vos pieds il allait se ranger[1].
Prêt[2] à servir toujours sans espoir de salaire,
Vos yeux ne sont que trop assurés de lui plaire.
Mais il entre.

1. *se ranger* : se soumettre.
2. *prêt* : se rapporte à «lui» (v. 1146).

Questions

Compréhension

1. Qu'est-ce qui, dans les paroles de Céphise à la scène 1, annonce le dénouement de la tragédie?
2. Quel est l'«innocent stratagème» d'Andromaque?
3. Le trouvez-vous «innocent»?
4. Sur quelle certitude repose le dessein d'Andromaque? Cette certitude vous paraît-elle fondée?
5. Quelles valeurs ont dicté la décision d'Andromaque (v. 1077-1081)?
6. Dans la scène 2, pourquoi Cléone craint-elle un «calme si funeste»?

Écriture

7. Quel est le ton des vers 1102-1124?
8. Achevez la phrase de Cléone, interrompue par Hermione (v. 1142).

Mise en scène

9. Comment, dans la scène 1, souligner le contraste entre l'enthousiasme de Céphise (v. 1049-1063) et les sobres répliques d'Andromaque (v. 1064 et 1072)?

SCÈNE 3. ORESTE, HERMIONE, CLÉONE

ORESTE

Ah! Madame, est-il vrai qu'une fois
Oreste en vous cherchant obéisse à vos lois?
Ne m'a-t-on point flatté d'une fausse espérance?
Avez-vous en effet• souhaité ma présence?
Croirai-je que vos yeux, à la fin désarmés,
Veulent...

HERMIONE

Je veux savoir, Seigneur, si vous m'aimez.

ORESTE

Si je vous aime? Ô Dieux! mes serments, mes parjures,
Ma fuite, mon retour, mes respects, mes injures•,
Mon désespoir, mes yeux de pleurs toujours noyés,
Quels témoins• croirez-vous, si vous ne les croyez?

HERMIONE

Vengez-moi, je crois tout.

ORESTE

Hé bien! allons, Madame :
Mettons encore un coup• toute la Grèce en flamme;
Prenons, en signalant[1] mon bras et votre nom,
Vous, la place d'Hélène, et moi, d'Agamemnon.
De Troie en ce pays réveillons les misères•;
Et qu'on parle de nous, ainsi que de nos pères.
Partons, je suis tout prêt.

HERMIONE

Non, Seigneur, demeurons :
Je ne veux pas si loin porter de tels affronts.
Quoi? de mes ennemis couronnant l'insolence,
J'irais attendre ailleurs une lente vengeance?
Et je m'en remettrais au destin des combats,

1. *en signalant* : en rendant remarquable.

Qui peut-être à la fin ne me vengerait pas?
Je veux qu'à mon départ toute l'Épire pleure.
Mais si vous me vengez, vengez-moi dans une heure.
Tous vos retardements[1] sont pour moi des refus.
Courez au temple. Il faut immoler...

ORESTE

Qui?

HERMIONE

Pyrrhus.

ORESTE
Pyrrhus, Madame?

HERMIONE

Hé quoi? votre haine chancelle?
Ah! courez, et craignez que je ne vous rappelle.
N'alléguez point des droits que je veux oublier;
Et ce n'est pas à vous à le justifier.

ORESTE
Moi, je l'excuserais? Ah! vos bontés, Madame,
Ont gravé trop avant ses crimes dans mon âme.
Vengeons-nous, j'y consens, mais par d'autres chemins.
Soyons ses ennemis, et non ses assassins :
Faisons de sa ruine une juste conquête.
Quoi? pour réponse, aux Grecs porterai-je sa tête?
Et n'ai-je pris sur moi le soin de tout l'État
Que pour m'en acquitter par un assassinat?
Souffrez, au nom des Dieux, que la Grèce s'explique,
Et qu'il meure chargé de la haine publique.
Souvenez-vous qu'il règne, et qu'un front couronné...

HERMIONE
Ne vous suffit-il pas que je l'ai condamné?
Ne vous suffit-il pas que ma gloire offensée

1. *retardements* : atermoiements, hésitations.

Demande une victime à moi seule adressée;
Qu'Hermione est le prix d'un tyran opprimé[1];
Que je le hais; enfin, Seigneur, que je l'aimai?
Je ne m'en cache point : l'ingrat• m'avait su plaire,
Soit qu'ainsi l'ordonnât mon amour ou• mon père,
N'importe; mais enfin réglez-vous là-dessus.
Malgré mes vœux, Seigneur, honteusement déçus,
Malgré la juste horreur que son crime me donne,
Tant qu'il vivra craignez que je ne lui pardonne.
Doutez jusqu'à sa mort d'un courroux incertain :
S'il ne meurt aujourd'hui, je puis l'aimer demain.

ORESTE

Hé bien! il faut le perdre•, et prévenir• sa grâce;
Il faut... Mais cependant• que faut-il que je fasse?
Comment puis-je sitôt servir votre courroux?
Quel chemin jusqu'à lui peut conduire mes coups?
À peine suis-je encore arrivé dans l'Épire,
Vous voulez par mes mains renverser un empire;
Vous voulez qu'un roi meure, et pour son châtiment
Vous ne donnez qu'un jour, qu'une heure,
[qu'un moment.
Aux yeux de tout son peuple il faut que je l'opprime•!
Laissez-moi vers l'autel conduire ma victime,
Je ne m'en défends plus; et je ne veux qu'aller
Reconnaître la place où je dois l'immoler.
Cette nuit je vous sers, cette nuit je l'attaque.

HERMIONE

Mais cependant ce jour il épouse Andromaque.
Dans le temple déjà le trône est élevé;
Ma honte est confirmée et son crime achevé.
Enfin qu'attendez-vous? Il vous offre sa tête :
Sans gardes, sans défense, il marche à cette fête :
Autour du fils d'Hector il les fait tous ranger;
Il s'abandonne au bras qui me voudra venger.

1. *d'un tyran opprimé* : de la mort d'un tyran.

Voulez-vous, malgré lui, prendre soin de sa vie?
Armez, avec vos Grecs, tous ceux qui m'ont suivie;
Soulevez vos amis : tous les miens sont à vous.
Il me trahit, vous trompe, et nous méprise tous.
Mais quoi? déjà leur haine est égale à la mienne :
Elle épargne à regret l'époux d'une Troyenne.
Parlez : mon ennemi ne vous peut échapper,
Ou plutôt il ne faut que les laisser frapper.
Conduisez ou suivez une fureur si belle;
Revenez tout couvert du sang de l'infidèle;
Allez : en cet état soyez sûr de mon cœur.

ORESTE
Mais, Madame, songez...

HERMIONE
Ah! c'en est trop, Seigneur.
Tant de raisonnements offensent ma colère.
J'ai voulu vous donner les moyens de me plaire,
Rendre Oreste content; mais enfin je vois bien
Qu'il veut toujours se plaindre, et ne mériter rien.
Partez : allez ailleurs vanter votre constance,
Et me laissez ici le soin de ma vengeance.
De mes lâches bontés mon courage* est confus,
Et c'est trop en un jour essuyer de refus.
Je m'en vais seule au temple où leur hymen s'apprête,
Où vous n'osez aller mériter ma conquête.
Là, de mon ennemi je saurai m'approcher :
Je percerai le cœur que je n'ai pu toucher;
Et mes sanglantes mains, sur moi-même tournées,
Aussitôt, malgré lui, joindront nos destinées;
Et, tout ingrat qu'il est, il me sera plus doux
De mourir avec lui que de vivre avec vous.

ORESTE
Non, je vous priverai de ce plaisir funeste*,
Madame : il ne mourra que de la main d'Oreste.
Vos ennemis par moi vont vous être immolés,

Et vous reconnaîtrez mes soins[1], si vous voulez.

HERMIONE

Allez. De votre sort laissez-moi la conduite•,
Et que tous vos vaisseaux soient prêts pour notre fuite.

Lekain (Oreste) et Mlle Vestris (Hermione) jouent Andromaque *en février 1789. Gouache de Fesch Whirsker.*

1. *vous reconnaîtrez mes soins :* vous me serez reconnaissante de mon dévouement.

Questions

Compréhension

1. Amour, jalousie, haine sont indissociables chez Hermione; montrez-le.
2. Quels arguments utilise Hermione pour convaincre Oreste?
3. Que comprend Oreste aux vers 1158-1164?
4. Expliquez le vers 1160.
5. Comment expliquer les réticences d'Oreste?
6. Quel(s) sentiment(s) expriment les vers 1173-1174?

Écriture

7. Comment le désarroi d'Oreste se traduit-il?
8. Quel effet produit la stichomythie (v. 1172-1173)?*
9. Analysez le rythme des vers 1214-1231.

Mise en scène

10. Certains voient ici en Hermione une mégère : seriez-vous tenté par cette interprétation? Comment alors dirigeriez-vous l'actrice?
11. Oreste doit-il susciter la compassion?

SCÈNE 4. HERMIONE, CLÉONE

CLÉONE

Vous vous perdez, Madame ; et vous devez songer...

HERMIONE

Que je me perde ou non, je songe à me venger.
Je ne sais même encor, quoi qu'il m'ait pu promettre,
Sur• d'autres que sur moi si je dois m'en remettre.
Pyrrhus n'est pas coupable à ses yeux comme aux miens,
Et je tiendrais[1] mes coups bien plus sûrs que les siens.
Quel plaisir de venger moi-même mon injure[2],
De retirer mon bras teint du sang du parjure,
Et pour rendre sa peine et mes plaisirs plus grands,
De cacher ma rivale à ses regards mourants !
Ah ! si du moins Oreste, en punissant son crime,
Lui laissait le regret de mourir ma victime !
Va le trouver : dis-lui qu'il apprenne à l'ingrat•
Qu'on l'immole à ma haine, et non pas à l'État.
Chère Cléone, cours. Ma vengeance est perdue
S'il ignore en mourant que c'est moi qui le tue.

CLÉONE

Je vous obéirai. Mais qu'est-ce que je voi ?
Ô Dieux ! Qui l'aurait cru, Madame ? C'est le Roi !

HERMIONE

Ah ! cours après Oreste ; et dis-lui, ma Cléone,
Qu'il n'entreprenne rien sans revoir Hermione.

1. *je tiendrais* : j'estimerais.
2. *mon injure* : l'injure qu'on m'a faite.

SCÈNE 5. PYRRHUS, HERMIONE, PHŒNIX

PYRRHUS

Vous ne m'attendiez pas, Madame; et je vois bien
Que mon abord[1] ici trouble votre entretien.
Je ne viens point, armé d'un indigne artifice,
D'un voile d'équité couvrir mon injustice :
Il suffit que mon cœur me condamne tout bas;
Et je soutiendrais mal ce que je ne crois pas.
J'épouse une Troyenne. Oui, Madame, et j'avoue
Que je vous ai promis la foi• que je lui voue.
Un autre vous dirait que dans les champs[2] troyens
Nos deux pères sans nous formèrent ces liens,
Et que, sans consulter ni mon choix ni le vôtre,
Nous fûmes sans amour engagés l'un à l'autre;
Mais c'est assez pour moi que je me sois soumis.
Par mes ambassadeurs mon cœur vous fut promis;
Loin de les révoquer•, je voulus y souscrire.
Je vous vis avec eux arriver en Épire;
Et quoique d'un autre œil l'éclat victorieux
Eût déjà prévenu• le pouvoir de vos yeux,
Je ne m'arrêtai point à cette ardeur nouvelle :
Je voulus m'obstiner à vous être fidèle,
Je vous reçus en reine; et jusques à ce jour
J'ai cru que mes serments me tiendraient lieu d'amour.
Mais cet amour l'emporte, et par un coup funeste
Andromaque m'arrache un cœur qu'elle déteste.
L'un par l'autre entraînés, nous courons à l'autel
Nous jurer, malgré nous, un amour immortel.
Après cela, Madame, éclatez• contre un traître,
Qui l'est avec douleur, et qui pourtant veut l'être.
Pour moi, loin de contraindre un si juste courroux,
Il me soulagera peut-être autant que vous.
Donnez-moi tous les noms destinés aux parjures :
Je crains votre silence, et non pas vos injures;
Et mon cœur, soulevant mille secrets témoins•,
M'en dira d'autant plus que vous m'en direz moins.

1. *abord* : arrivée.
2. *champs* : champs de bataille.

HERMIONE

Seigneur, dans cet aveu dépouillé d'artifice,
J'aime à voir que du moins vous vous rendiez justice,
Et que, voulant bien[1] rompre un nœud si solennel,
Vous vous abandonniez au crime en criminel.
Est-il juste, après tout, qu'un conquérant s'abaisse
Sous la servile loi de garder sa promesse?
Non, non, la perfidie a de quoi vous tenter;
Et vous ne me cherchez que pour vous en vanter.
Quoi? sans que ni serment ni devoir vous retienne,
Rechercher une Grecque, amant d'une Troyenne?
Me quitter, me reprendre et retourner encor
De la fille d'Hélène à la veuve d'Hector?
Couronner tour à tour l'esclave et la princesse;
Immoler Troie aux Grecs, au fils d'Hector la Grèce?
Tout cela part d'un cœur toujours maître de soi,
D'un héros qui n'est point esclave de sa foi•.
Pour plaire à votre épouse, il vous faudrait peut-être
Prodiguer les doux noms de parjure et de traître.
Vous veniez de mon front observer la pâleur,
Pour aller dans ses bras rire de ma douleur.
Pleurante après son char vous voulez qu'on me voie;
Mais, Seigneur, en un jour ce serait trop de joie;
Et sans chercher ailleurs des titres empruntés,
Ne vous suffit-il pas de ceux que vous portez?
Du vieux père d'Hector la valeur abattue
Aux pieds de sa famille expirante à sa vue,
Tandis que dans son sein votre bras enfoncé
Cherche un reste de sang que l'âge avait glacé;
Dans des ruisseaux de sang Troie ardente[2] plongée,
De votre propre main Polyxène[3] égorgée
Aux yeux de tous les Grecs indignés contre vous :
Que peut-on refuser à ces généreux coups•?

1. *voulant bien* : fermement décidé à.
2. *ardente* : en flammes.
3. *Polyxène* : fille de Priam et d'Hécube, sacrifiée par Pyrrhus sur la tombe d'Achille.

PYRRHUS

Madame, je sais trop à quels excès de rage
La vengeance d'Hélène emporta mon courage•;
Je puis me plaindre à vous du sang que j'ai versé;
Mais enfin je consens d'•oublier le passé.
Je rends grâces au ciel que votre indifférence
De mes heureux soupirs m'apprenne l'innocence,
Mon cœur, je le vois bien, trop prompt à se gêner[1],
Devait[2] mieux vous connaître et mieux s'examiner.
Mes remords vous faisaient une injure• mortelle;
Il faut se croire aimé pour se croire infidèle.
Vous ne prétendiez point m'arrêter dans vos fers[3] :
J'ai craint de vous trahir, peut-être je vous sers.
Nos cœurs n'étaient point faits dépendants l'un de l'autre;
Je suivais mon devoir, et vous cédiez au vôtre.
Rien ne vous engageait à m'aimer en effet•.

HERMIONE

Je ne t'ai point aimé, cruel? Qu'ai-je donc fait?
J'ai dédaigné pour toi les vœux de tous nos princes;
Je t'ai cherché moi-même au fond de tes provinces•;
J'y suis encor, malgré tes infidélités,
Et malgré tous mes Grecs honteux de mes bontés.
Je leur ai commandé de cacher mon injure•;
J'attendais en secret le retour d'un parjure;
J'ai cru que tôt ou tard, à ton devoir rendu,
Tu me rapporterais un cœur qui m'était dû.
Je t'aimais inconstant, qu'aurais-je fait fidèle?
Et même en ce moment où ta bouche cruelle
Vient si tranquillement m'annoncer le trépas,
Ingrat•, je doute encor si je ne t'aime pas.
Mais, Seigneur, s'il le faut, si le ciel en colère
Réserve à d'autres yeux la gloire de vous plaire,
Achevez votre hymen, j'y consens. Mais du moins
Ne forcez pas mes yeux d'en être les témoins.

1. *se gêner* : se tourmenter.
2. *devait* : aurait dû.
3. *vos fers* : votre amour.

Pour la dernière fois je vous parle peut-être :
Différez-le d'un jour; demain vous serez maître.
Vous ne répondez point? Perfide, je le voi,
Tu comptes les moments que tu perds avec moi!
Ton cœur, impatient de revoir ta Troyenne,
Ne souffre qu'à regret qu'un autre t'entretienne.
Tu lui parles du cœur, tu la cherches des yeux.
Je ne te retiens plus, sauve-toi de ces lieux :
Va lui jurer la foi• que tu m'avais jurée,
Va profaner des Dieux la majesté sacrée.
Ces Dieux, ces justes Dieux n'auront pas oublié
Que les mêmes serments avec moi t'ont lié.
Porte aux pieds des autels ce cœur qui m'abandonne;
Va, cours. Mais crains encor d'y trouver Hermione.

SCÈNE 6. PYRRHUS, PHŒNIX

PHŒNIX
Seigneur, vous entendez. Gardez• de négliger
Une amante• en fureur qui cherche à se venger.
Elle n'est en ces lieux que trop bien appuyée :
La querelle[1] des Grecs à la sienne est liée;
Oreste l'aime encore; et peut-être à ce prix...

PYRRHUS
Andromaque m'attend. Phœnix, garde son fils.

1. *querelle* : cause.

Questions

Compréhension

1. Pourquoi Pyrrhus vient-il trouver Hermione?
2. Est-il délibérément blessant (v. 1275-1308)?
3. Quel est le ton de la réplique d'Hermione (v. 1309-1340)?
4. Pourquoi Hermione évoque-t-elle de nouveau la prise de Troie?
5. Analysez le ton de sa tirade (v. 1356-1386).
6. Quel(s) sentiment(s) dicte(nt) la réplique de Pyrrhus (v. 1341-1355) et quel(s) sentiment(s) vous inspire-t-elle?
7. En cette fin d'acte, on sent le dénouement inéluctable; quelques mots, quelques vers, l'annoncent. Lesquels en particulier?

Écriture

8. Relevez les mots particulièrement cruels dans les propos de Pyrrhus (v. 1275-1308).
9. Relevez des procédés et des tournures qui traduisent les sentiments d'Hermione (v. 1309-1340).
10. Quelles figures de style rencontre-t-on aux vers 1278, 1322?
11. Hermione vouvoie et tutoie Pyrrhus : analysez les passages du «vous» au «tu», du «tu» au «vous». Que traduisent-ils, et quel ton y associer?

Mise en scène

12. Comment dirigeriez-vous Pyrrhus? Aidez-vous des indications que vous donne le texte.
13. Comment souligner le changement de ton d'Hermione au cours de cette scène?

Bilan

L'action

• Ce que nous savons

Andromaque a décidé d'épouser Pyrrhus puis de se tuer aussitôt après. À la nouvelle du mariage, Hermione convainc non sans peine Oreste d'assassiner Pyrrhus. Une dernière rencontre avec Pyrrhus, au cours de laquelle il tente maladroitement de se justifier ne fait qu'exacerber son désir de vengeance.

• À quoi faut-il nous attendre?

Les derniers mots d'Hermione, lourds de menaces, la mise en garde de Phœnix, n'alertent pas Pyrrhus. Il marche – il court – en aveugle vers son sort. Oreste est lui aussi en marche. L'enchaînement des événements semble désormais inéluctable.

Les personnages

• Ce que nous savons

– Pyrrhus est aveuglé par sa passion pour Andromaque,
– Hermione, par sa haine pour Pyrrhus, son frénétique et destructeur désir de vengeance,
– Oreste est éperdu d'amour pour Hermione, et guetté déjà par la démence : aucun ne semble pouvoir ni vouloir reculer.
La décision d'Andromaque sauve son fils et laisse intacte sa fidélité à Hector : ainsi, elle est irrévocable.

• À quoi faut-il nous attendre?

La mort semble promise à chacun. La noblesse du choix d'Andromaque, son sacrifice peuvent lui épargner un sort cruel.

ACTE V

SCÈNE 1. HERMIONE, *seule*

Où suis-je? Qu'ai-je fait? Que dois-je faire encore?
Quel transport• me saisit? Quel chagrin me dévore?
Errante, et sans dessein, je cours dans ce palais.
Ah! ne puis-je savoir si j'aime, ou si je hais?
Le cruel! de quel œil il m'a congédiée!
Sans pitié, sans douleur, au moins étudiée[1]!
L'ai-je vu se troubler et me plaindre un moment?
En ai-je pu tirer un seul gémissement?
Muet à mes soupirs, tranquille à mes alarmes,
Semblait-il seulement qu'il eût part à mes larmes?
Et je le plains encore? Et pour comble d'ennui•,
Mon cœur, mon lâche cœur s'intéresse[2] pour lui?
Je tremble au seul penser du coup qui le menace?
Et prête à me venger, je lui fais déjà grâce?
Non, ne révoquons point l'arrêt de mon courroux :
Qu'il périsse! Aussi bien[3] il ne vit plus pour nous.
Le perfide triomphe, et se rit de ma rage :
Il pense voir en pleurs dissiper[4] cet orage;
Il croit que toujours faible et d'un cœur incertain,
Je parerai d'un bras les coups de l'autre main.
Il juge encor de moi par mes bontés passées.
Mais plutôt le perfide a bien d'autres pensées.
Triomphant dans le temple, il ne s'informe pas
Si l'on souhaite ailleurs sa vie ou son trépas.
Il me laisse, l'ingrat•! cet embarras funeste•.
Non, non, encore un coup• : laissons agir Oreste.
Qu'il meure, puisqu'enfin il a dû le prévoir,
Et puisqu'il m'a forcée enfin à le vouloir.
À le vouloir? Hé quoi? c'est donc moi qui l'ordonne?

---

1. *étudiée* : feinte.
2. *s'intéresse pour* : prendre parti pour.
3. *aussi bien* : d'ailleurs.
4. *dissiper* : se dissiper.

Sa mort sera l'effet de l'amour d'Hermione?
Ce prince, dont mon cœur se faisait autrefois
Avec tant de plaisir redire les exploits,
À qui même en secret je m'étais destinée
Avant qu'on eût conclu ce fatal hyménée,
Je n'ai donc traversé tant de mers, tant d'États,
Que pour venir si loin préparer son trépas?
L'assassiner, le perdre•? Ah! devant qu'[1]il expire...

SCÈNE 2. HERMIONE, CLÉONE

HERMIONE
Ah! qu'ai-je fait, Cléone? et que viens-tu me dire?
Que fait Pyrrhus?

CLÉONE
Il est au comble de ses vœux,
Le plus fier des mortels, et le plus amoureux.
Je l'ai vu vers le temple, où son hymen s'apprête,
Mener en conquérant sa nouvelle conquête;
Et d'un œil où brillaient sa joie et son espoir
S'enivrer en marchant du plaisir de la voir.
Andromaque, au travers de mille cris de joie,
Porte jusqu'aux autels le souvenir de Troie :
Incapable toujours d'aimer et de haïr,
Sans joie et sans murmure elle semble obéir.

HERMIONE
Et l'ingrat•? jusqu'au bout il a poussé l'outrage?
Mais as-tu bien, Cléone, observé son visage?
Goûte-t-il des plaisirs tranquilles et parfaits?
N'a-t-il point détourné ses yeux vers le palais?
Dis-moi, ne t'es-tu point présentée à sa vue?
L'ingrat a-t-il rougi lorsqu'il t'a reconnue?

1. *devant que* : avant que.

Son trouble avouait-il son infidélité?
A-t-il jusqu'à la fin soutenu[1] sa fierté?

CLÉONE

Madame, il ne voit rien. Son salut et sa gloire
Semblent être avec vous sortis de sa mémoire.
Sans songer qui le suit, ennemis ou sujets,
Il poursuit seulement ses amoureux projets.
Autour du fils d'Hector il a rangé sa garde,
Et croit que c'est lui seul que le péril regarde.
Phœnix même en répond, qui l'a conduit exprès
Dans un fort éloigné du temple et du palais.
Voilà, dans ses transports, le seul soin qui lui reste.

HERMIONE

Le perfide! Il mourra. Mais que t'a dit Oreste?

CLÉONE

Oreste avec ses Grecs dans le temple est entré.

HERMIONE

Hé bien! à me venger n'est-il pas préparé?

CLÉONE

Je ne sais.

HERMIONE

Tu ne sais? Quoi donc? Oreste encore,
Oreste me trahit?

CLÉONE

Oreste vous adore.
Mais de mille remords son esprit combattu
Croit tantôt son amour et tantôt sa vertu.
Il respecte en Pyrrhus l'honneur du diadème;
Il respecte en Pyrrhus Achille, et Pyrrhus même;

1. *soutenu* : persisté dans.

Il craint la Grèce, il craint l'univers en courroux;
Mais il se craint, dit-il, soi-même plus que tous.
Il voudrait en vainqueur vous apporter sa tête :
Le seul nom d'assassin l'épouvante et l'arrête.
Enfin il est entré, sans savoir dans son cœur
S'il en devait sortir coupable ou spectateur.

HERMIONE

Non, non, il les verra triompher sans obstacle :
Il se gardera bien de troubler ce spectacle.
Je sais de quels remords son courage• est atteint :
Le lâche craint la mort, et c'est tout ce qu'il craint.
Quoi? sans qu'elle employât une seule prière,
Ma mère en sa faveur arma la Grèce entière?
Ses yeux pour leur querelle, en dix ans de combats,
Virent périr vingt rois qu'ils ne connaissaient pas?
Et moi, je ne prétends[1] que la mort d'un parjure,
Et je charge un amant du soin• de mon injure;
Il peut me conquérir à ce prix sans danger;
Je me livre moi-même, et ne puis me venger?
Allons : c'est à moi seule à me rendre justice.
Que de cris de douleur le temple retentisse;
De leur hymen fatal troublons l'événement[2],
Et qu'ils ne soient unis, s'il se peut, qu'un moment.
Je ne choisirai point dans ce désordre extrême :
Tout me sera Pyrrhus, fût-ce Oreste lui-même.
Je mourrai; mais au moins ma mort me vengera.
Je ne mourrai pas seule, et quelqu'un me suivra.

1. *prétends* : réclame.
2. *événement* : dénouement.

Questions

Compréhension

1. Quels sentiments contradictoires s'expriment dans le monologue de la scène 1?
2. Quelle décision va prendre Hermione quand Cléone entre?
3. Que pensez-vous du récit de Cléone (v. 1431-1440)?
4. Joue-t-il un rôle dans le dénouement?
5. Comment expliquez-vous le comportement d'Andromaque tel qu'il est rapporté dans les vers 1437-1440?
6. Que pensez-vous du jugement que portent Hermione et Cléone sur Oreste? Le partagez-vous?
7. Qui représente «les» au vers 1473?
8. Quels sentiments animent Hermione dans les vers 1473-1492?
9. Comment peut-on comprendre le vers 1490?

Écriture

10. Analysez les sonorités du vers 1409.
11. Montrez comment le rythme (la disparité entre la phrase et le vers) exprime le désarroi d'Hermione dans la scène 1.
12. Montrez comment la syntaxe de ses phrases, dans les vers 1441-1448, traduit son état d'esprit.

Mise en scène

13. La scène 1 est-elle un monologue de délibération? Accentueriez-vous dans le jeu (comportement, gestes, déplacements, physionomie...) le désarroi d'Hermione?
14. Quelles indications donneriez-vous aux actrices pour les vers 1458-1462?
15. Cléone est-elle totalement impliquée dans la tragédie?
16. Pensez-vous qu'un rôle de confident puisse être intéressant pour un acteur?

SCÈNE 3. Oreste, Hermione, Cléone

Oreste

Madame, c'en est fait, et vous êtes servie :
Pyrrhus rend à l'autel son infidèle vie.

Hermione

Il est mort?

Oreste

Il expire; et nos Grecs irrités
Ont lavé dans son sang ses infidélités.
Je vous l'avais promis; et quoique mon courage
Se fît de ce complot une funeste• image,
J'ai couru vers le temple, où nos Grecs dispersés
Se sont jusqu'à l'autel dans la foule glissés.
Pyrrhus m'a reconnu. Mais sans changer de face[1],
Il semblait que ma vue excitât son audace,
Que tous les Grecs, bravés en leur ambassadeur,
Dussent de son hymen relever la splendeur.
Enfin, avec transport prenant son diadème,
Sur le front d'Andromaque il l'a posé lui-même.
«Je vous donne, a-t-il dit, ma couronne et ma foi• :
Andromaque, régnez sur l'Épire et sur moi.
Je voue à votre fils une amitié• de père;
J'en atteste les Dieux, je le jure à sa mère.
Pour tous mes ennemis je déclare les siens,
Et je le reconnais pour le roi des Troyens.»
À ces mots, qui du peuple attiraient le suffrage,
Nos Grecs n'ont répondu que par un cri de rage;
L'infidèle s'est vu partout envelopper,
Et je n'ai pu trouver de place pour frapper.
Chacun se disputait la gloire de l'abattre.
Je l'ai vu dans leurs mains quelque temps se débattre,
Tout sanglant à leurs coups vouloir se dérober;
Mais enfin à l'autel il est allé tomber.

1. *sans changer de face* : sans qu'il changeât de visage.

Du peuple épouvanté j'ai traversé la presse[1]
Pour venir de ces lieux enlever ma princesse,
Et regagner le port, où bientôt nos amis
Viendront couverts du sang que je vous ai promis.

HERMIONE

Qu'ont-ils fait?

ORESTE

Pardonnez à leur impatience :
Ils ont, je le vois bien, trahi votre vengeance.
Vous vouliez que ma main portât les premiers coups,
Qu'il sentît en mourant qu'il expirait pour vous;
Mais c'est moi dont l'ardeur leur a servi d'exemple :
Je les ai pour vous seule entraînés dans le temple,
Madame; et vous pouvez justement vous flatter
D'une mort que leurs bras n'ont fait qu'exécuter.
Vous seule avez poussé les coups...

HERMIONE

Tais-toi, perfide,
Et n'impute qu'à toi ton lâche parricide•.
Va faire chez tes Grecs admirer ta fureur :
Va, je la désavoue, et tu me fais horreur.
Barbare, qu'as-tu fait? Avec quelle furie
As-tu tranché le cours d'une si belle vie?
Avez-vous pu, cruels, l'immoler aujourd'hui,
Sans que tout votre sang se soulevât pour lui?
Mais parle : de son sort qui t'a rendu l'arbitre?
Pourquoi l'assassiner? Qu'a-t-il fait? À quel titre?
Qui te l'a dit?

ORESTE

Ô Dieux! Quoi? ne m'avez-vous pas
Vous-même, ici, tantôt, ordonné son trépas?

HERMIONE

Ah! fallait-il en croire une amante insensée?

1. *presse* : foule.

Mais enfin à l'autel il est allé tomber.

Acte 5, Scène 3.

Ne devais[1]-tu pas lire au fond de ma pensée?
Et ne voyais-tu pas, dans mes emportements,
Que mon cœur démentait ma bouche à tous moments?
Quand je l'aurais voulu, fallait-il y souscrire?
N'as-tu[2] pas dû cent fois te le faire redire?
Toi-même avant le coup• me venir consulter,
Y revenir encore, ou plutôt m'éviter?
Que ne me laissais-tu le soin de ma vengeance?
Qui[3] t'amène en des lieux où l'on fuit ta présence?
Voilà de ton amour le détestable fruit :
Tu m'apportais, cruel, le malheur qui te suit.
C'est toi dont l'ambassade, à tous les deux fatale,
L'a fait pour son malheur pencher vers ma rivale.
Nous le verrions encor nous partager ses soins;
Il m'aimerait peut-être, il le feindrait du moins.
Adieu. Tu peux partir. Je demeure en Épire :
Je renonce à la Grèce, à Sparte, à son empire,
À toute ma famille; et c'est assez pour moi,
Traître, qu'elle ait produit un monstre comme toi.

1. *ne devais-tu pas* : n'aurais-tu pas dû?
2. *n'as-tu pas dû* : n'aurais-tu pas dû?
3. *qui* : qu'est-ce qui.

Questions

Compréhension

1. Quel est le ton du récit d'Oreste?
2. Oreste vous paraît-il maître de lui?
3. Pourquoi n'a-t-il pas tué lui-même Pyrrhus?
4. Comment nous est présentée la mort de Pyrrhus?
5. Quelle tragique méprise d'Oreste déclenche la fureur d'Hermione (v. 1525-1532)?
6. Le revirement d'Hermione dans les vers 1533-1543 vous surprend-il?
7. Éprouvez-vous de la compassion pour Hermione, ou son injustice vous révolte-t-elle (v. 1545-1562)?

Écriture

8. Pourquoi un récit était-il nécessaire? Vous paraît-il remplir sa fonction de façon satisfaisante?

Mise en scène

9. «Qui te l'a dit» (v. 1543)? Que faut-il «faire passer» dans cette interrogation, ce cri?

SCÈNE 4. ORESTE, *seul*

Que vois-je? est-ce Hermione? Et que viens-je d'entendre?
Pour qui coule le sang que je viens de répandre?
Je suis, si je l'en crois, un traître, un assassin.
Est-ce Pyrrhus qui meurt? et suis-je Oreste enfin?
Quoi? j'étouffe en mon cœur la raison qui m'éclaire;
J'assassine à regret un roi que je révère;
Je viole en un jour les droits des souverains,
Ceux des ambassadeurs, et tous ceux des humains,
Ceux même des autels où ma fureur l'assiège :
Je deviens parricide•, assassin, sacrilège.
Pour qui? Pour une ingrate• à qui je le promets,
Qui même, s'il ne meurt, ne me verra jamais,
Dont j'épouse la rage. Et quand je l'ai servie,
Elle me redemande et son sang et sa vie!
Elle l'aime! et je suis un monstre furieux!
Je la vois pour jamais s'éloigner de mes yeux!
Et l'ingrate, en fuyant, me laisse pour salaire
Tous les noms odieux que j'ai pris pour lui plaire!

SCÈNE 5. ORESTE, PYLADE, SOLDATS D'ORESTE

PYLADE
Il faut partir, Seigneur. Sortons de ce palais,
Ou bien résolvons-nous de n'en sortir jamais.
Nos Grecs pour un moment en défendent la porte.
Tout le peuple assemblé nous poursuit à main forte[1].
Aux ordres d'Andromaque ici tout est soumis;
Ils la traitent en reine, et nous comme ennemis.
Andromaque elle-même, à Pyrrhus si rebelle,
Lui rend tous les devoirs d'une veuve fidèle,
Commande qu'on le venge, et peut-être sur nous
Veut venger Troie encore et son premier époux.

1. *à main forte* : à main armée.

Allons. N'attendons pas que l'on nous environne :
Nos Grecs nous rejoindront; et tandis qu'Hermione
Tient encore le peuple autour d'elle arrêté,
Voilà votre chemin, sortons en sûreté.

ORESTE

Non, non, c'est Hermione, amis, que je veux suivre.
À son dernier arrêt je ne puis plus survivre.
Partez : j'ai fait le crime, et je vais l'expier.

PYLADE

Hermione, Seigneur? Il la faut oublier.
Quoi? toujours l'instrument et l'objet de sa rage,
Cherchez-vous chez les morts quelque nouvel outrage?
Et parce qu'elle meurt, faut-il que vous mouriez?

ORESTE

Elle meurt? Dieu! qu'entends-je?

PYLADE

Hé quoi? vous l'ignoriez?
En rentrant dans ces lieux, nous l'avons rencontrée
Qui courait vers le temple, inquiète•, égarée.
Elle a trouvé Pyrrhus porté sur des soldats
Que son sang excitait à venger son trépas.
Sans doute à cet objet• sa rage s'est émue.
Mais du haut de la porte enfin nous l'avons vue,
Un poignard à la main, sur Pyrrhus se courber,
Lever les yeux au ciel, se frapper et tomber.

ORESTE

Grâce aux Dieux! Mon malheur passe mon espérance.
Oui, je te loue, ô ciel, de ta persévérance.
Appliqué sans relâche au soin de me punir,
Au comble des douleurs tu m'as fait parvenir.
Ta haine a pris plaisir à former ma misère•;
J'étais né pour servir d'exemple à ta colère,
Pour être du malheur un modèle accompli.
Hé bien! je meurs content•, et mon sort est rempli.
Où sont ces deux amants? Pour couronner ma joie,
Dans leur sang, dans le mien il faut que je me noie;

L'un et l'autre en mourant je les veux regarder.
Réunissons trois cœurs qui n'ont pu s'accorder.
Mais quelle épaisse nuit tout à coup m'environne?
De quel côté sortir? D'où vient que je frissonne?
Quelle horreur[1] me saisit? Grâce au ciel, j'entrevoi...
Dieux! quels ruisseaux de sang coulent autour de moi!

PYLADE
Ah! Seigneur!

ORESTE
Quoi? Pyrrhus, je te rencontre encore?
Trouverai-je partout un rival que j'abhorre?
Percé de tant de coups, comment t'es-tu sauvé?
Tiens, tiens, voilà le coup que je t'ai réservé.
Mais que vois-je? À mes yeux Hermione l'embrasse?
Elle vient l'arracher au coup qui le menace?
Dieux! quels affreux regards elle jette sur moi!
Quels démons•, quels serpents traîne-t-elle après soi?
Hé bien! filles d'enfer[2], vos mains sont-elles prêtes?
Pour qui sont ces serpents qui sifflent sur vos têtes?
À qui destinez-vous l'appareil• qui vous suit?
Venez-vous m'enlever dans l'éternelle nuit?
Venez, à vos fureurs Oreste s'abandonne.
Mais non, retirez-vous, laissez faire Hermione :
L'ingrate• mieux que vous saura me déchirer;
Et je lui porte enfin mon cœur à dévorer.

PYLADE
Il perd le sentiment. Amis, le temps nous presse :
Ménageons• les moments que ce transport• nous laisse.
Sauvons-le. Nos efforts deviendraient impuissants
S'il reprenait ici sa rage avec ses sens.

---

1. *horreur* : émotion si violente qu'elle fait se dresser les cheveux sur la tête.
2. *filles d'enfer* : les Érinyes, ou Euménides : Alecto, Tisiphone et Mégère, divinités infernales grecques de la vengeance et qui châtient en particulier les crimes contre la famille.

Questions

Compréhension

1. Pourquoi le monologue de la scène 4 intervient-il à ce moment de la tragédie?
2. Expliquez les mots «parricide», «assassin», «sacrilège».
3. Oreste est-il encore maître de lui?
4. Pourquoi avoir fait intervenir Pylade dans la scène 5?
5. Que pensez-vous du comportement d'Andromaque tel qu'il est rapporté aux vers 1589-1590?
6. Quel rôle jouent les dieux dans cette tragédie, selon Oreste (v. 1613-1615)?
7. Analysez la progression des symptômes de la folie d'Oreste.

Écriture

8. Un vers de la scène 5 est particulièrement célèbre, pourquoi?

Mise en scène

9. Vous paraît-il souhaitable d'accentuer le pathétique de la scène de dénouement que constitue la scène 5? Par quels moyens?

Bilan

L'action

Les exigences classiques appellent un dénouement
– nécessaire, dans lequel le hasard n'a pas de part,
– complet, où le sort de chacun est réglé,
– rapide.
Cet acte satisfait-il ces exigences?
La «catastrophe tragique» doit être l'œuvre des hommes et des dieux.
Là encore, chacun a-t-il sa part dans ce dénouement?

Les personnages

Pyrrhus est assassiné, Hermione se suicide, Oreste sombre dans la folie : pouvaient-ils échapper à leur destin?
Andromaque est épargnée, avec son fils, seule lumière dans cette nuit où sombre la tragédie.

Ci-contre, Catherine Sellers (Andromaque) et Christine Carpentier (Céphise) à l'Odéon en mai 1962.

DATES	ÉVÉNEMENTS HISTORIQUES	ÉVÉNEMENTS CULTURELS
1638	Naissance de Louis XIV.	
1640		Jansen : *Augustinus*
1641		Corneille : *Horace.*
1642	Mort de Richelieu.	Corneille : *Cinna* et *Polyeucte.* Condamnation de l'*Augustinus.* Mort de Galilée.
1643	Mort de Louis XIII. Régence d'Anne d'Autriche (→ 1661). Ministère de Mazarin.	
1648	La Fronde (→ 1652).	
1650		Mort de Descartes.
1651		Corneille : *Nicomède.*
1653	Fouquet est nommé surintendant des Finances.	Condamnation du jansénisme.
1656		Pascal : *Les Provinciales.*
1659	Paix des Pyrénées.	Molière : *Les Précieuses ridicules.*
1660	Mariage de Louis XIV.	Boileau : *Premières satires.*
1661	Règne personnel de Louis XIV. Colbert ministre. Arrestation de Fouquet.	Construction de Versailles.
1662		Molière : *L'École des Femmes.* Mort de Pascal.
1664		Molière : *Le Tartuffe.*
1665		La Rochefoucauld : *Maximes.* Molière : *Dom Juan.*
1666	Mort d'Anne d'Autriche.	Molière : *Le Misanthrope.*
1667		Mort de Descartes
1668	Guerre contre l'Espagne (1667-1668).	La Fontaine : *Les Fables (I à VI).*
1669		Bossuet : *Oraison funèbre d'Henriette de France.* Mort de Rembrandt.
1670	Mort d'Henriette d'Angleterre.	Édition posthume des *Pensées* de Pascal. Boileau : *Premières épîtres.*
1672	Guerre de Hollande (→ 1678).	
1673		Mort de Molière. Construction des Invalides.
1674		Boileau : *L'Art poétique.*
1675	Campagne d'Alsace où Turenne est tué.	
1677		Spinoza : *Éthique.*
1678	Traité de Nimègue.	Mme de La Fayette : *La Princesse de Clèves.*
1679	L'affaire des poisons.	
1680		Fondation de la Comédie-Française.
1684	Mariage secret de Louis XIV avec madame de Maintenon.	Mort de Corneille.
1685	Révocation de l'Édit de Nantes.	
1687		Querelle des Anciens et des Modernes.
1688	Guerre de la Ligue d'Augsbourg.	La Bruyère : *Les Caractères.*
1690	Bataille de Fleurus.	
1694		Dictionnaire de l'Académie française.
1699		Fénelon : *Les Aventures de Télémaque.*
1715	Mort de Louis XIV.	

VIE ET ŒUVRE DE RACINE	DATES
Naissance à la Ferté-Milon.	1639
Mort de sa mère.	1641
Mort de son père ; il est recueilli par sa grand-mère, Marie Desmoulins.	1643
Admis aux Petites Écoles de **Port-Royal** (1649-1653).	1649
Études au collège de Beauvais (1653-1655), à Port-Royal (1655-1658) et au collège d'Harcourt (1658-1659).	1651
Ode en l'honneur du mariage du roi : *la Nymphe de la Seine.*	1660
Séjour à Uzès.	1661
Retour à Paris. Il écrit deux odes. Le roi lui accorde une pension.	1662
Mort de sa grand-mère ; rupture avec Port-Royal.	1663
Première de *La Thébaïde* par la troupe de Molière.	1664
Alexandre ; liaison avec Thérèse du Parc.	1665
Polémique contre Port-Royal.	1666
Triomphe d'*Andromaque.*	1667
Les Plaideurs, comédie. Mort de la Du Parc.	1668
Échec momentané de *Britannicus.* Rivalité ouverte avec Corneille.	1669
Bérénice, jouée par sa nouvelle compagne, la Champmeslé, l'emporte largement sur *Tite et Bérénice* de Corneille.	1670
Bajazet.	1672
Mithridate. Réception à l'Académie française.	1673
Iphigénie. Amitié avec Boileau.	1674
Phèdre. Vif succès, malgré une cabale en faveur de la *Phèdre* de Pradon. Mariage avec Catherine de Romanet dont il aura sept enfants. Nommé avec Boileau, historiographe du roi, il l'accompagne dans ses campagnes militaires.	1677
Au cours des années 1680, Racine revient progressivement à une foi ardente et se réconcilie avec Port-Royal.	1680
Idylle sur la Paix.	1684
Esther : représentation à Saint-Cyr.	1689
Il est nommé **gentilhomme ordinaire du roi.**	1690
Athalie : répétitions à Saint-Cyr, mais pas de véritable représentation.	1691
Abrégé de l'histoire de Port-Royal (rédigé en secret).	1693
Quatre cantiques spirituels.	1694
Mort et inhumation à Port-Royal.	1699
Inhumation de ses restes à Saint-Étienne-du-Mont, auprès de ceux de Pascal.	1711

LE THÉÂTRE ET LES REPRÉSENTATIONS À PARIS

La vie des théâtres

•

Au XVIIe siècle, le monde du théâtre est suspect, voire scandaleux, et – à l'exception de l'auteur – encore frappé d'excommunication parce qu'il représente des passions condamnables, met « en feu tout le parterre et toutes les loges », écrit Bossuet.

Les théâtres vivent des recettes et des subventions (on dit alors pensions) allouées par le roi ou quelques grands. Ils ont aussi de lourdes charges : location de salles, impôts, pensions de retraite des comédiens...

Au temps de Racine, Paris possède trois troupes : celle du Palais-Royal, celle du Marais et celle de l'Hôtel de Bourgogne (ou Troupe Royale ou Troupe des Grands Comédiens) dans le quartier des Halles.
Une quinzaine de comédiens-sociétaires y jouent trois fois par semaine des pièces qu'ils ont choisies après une lecture par l'auteur. Racine fut, dit-on, un admirable lecteur, comme il se montra un remarquable et exigeant directeur d'acteurs, distribuant les rôles, inspirant les comédiens.

Jouer la tragédie

•

Les acteurs, le plus souvent, déclament et outrent leur jeu : ainsi, Montfleury qui tenait le rôle d'Oreste mourut, dit-on, – certes presque septuagénaire – d'une éventration à force de vociférer son texte.

Ils portent les « habits à la romaine », costumes qui mêlent éléments antiques (toges) et habit de cour (perruque, par exemple). Ils évoluent sur un plateau réduit par la présence de spectateurs sur la scène ; le décor est souvent dépouillé à l'extrême, sauf pour les pièces « à machines », spécialité de la troupe du Marais.

Ci-contre, un décor de théâtre tel que les aimaient les spectateurs du XVIIIe siècle. Bibliothèque de la Comédie-Française.

Quant aux auteurs, comme la plupart des écrivains d'alors, ils cherchent dans le théâtre – un genre qui a la faveur du roi et de bien des grands – gloire et fortune : ainsi Racine, « carriériste » entre tous, outre les recettes parfois fort élevées de ses pièces, reçoit du roi comme écrivain une gratification annuelle de 1 200 livres à partir de 1667, de 2 000 livres à partir de 1679, plus, depuis 1677, une pension d'historiographe de 6 000 livres par an, alors que le salaire annuel d'un artisan spécialisé est de l'ordre de 500 livres.

LA QUERELLE D'ANDROMAQUE

Succès...

•

Dès sa première représentation, au Louvre comme à l'Hôtel de Bourgogne, *Andromaque* connut un grand succès. Elle suscita donc – c'est le propre des grandes pièces : ainsi *Le Cid* de Corneille, *L'École des Femmes* de Molière – des critiques dont certaines touchèrent Racine, ainsi qu'en témoigne cette phrase de sa dédicace à Madame, où il se dit comblé « de la dureté de ceux qui ne voudraient pas s'en laisser toucher ».

... et jalousies

•

Il s'agit de propos « mondains » de poètes rivaux, d'amis de Molière auquel, après une brouille, il avait retiré la représentation de sa pièce *Alexandre* pour la donner aux comédiens de l'Hôtel de Bourgogne. Brouille aggravée par le départ de Thérèse Du Parc de la troupe de Molière pour créer *Andromaque*. Il s'agit également des critiques de partisans de Corneille dont la gloire vieillissante (il a 61 ans) prenait ombrage de celle du jeune et avide Racine ; de lettres, comme celles de Saint-Évremond où il écrit qu' « elle *(Andromaque)* a besoin de grands comédiens qui remplissent par l'action ce qui lui manque ». Enfin, en 1688, une comédie en trois actes de Perdon de Subligny, *La Folle Querelle,* jouée par la troupe de Molière, met en scène deux fiancés qui se brouillent en discutant d'*Andromaque*.
On reprochait à Racine le peu de grandeur, de générosité des passions qui animent ses personnages ; on condamnait la galanterie peu héroïque de Pyrrhus ; on s'indignait des libertés prises avec l'histoire ; on blâmait enfin le manque de pureté de certaines tournures de langue. Racine, piqué par des critiques

qui n'étaient pas toujours injustifiées, y répondit dans ses deux préfaces, mais aussi par des corrections et, enfin, par une suite de tragédies, dont *Britannicus* en 1669, *Bérénice* en 1670, pour aboutir en 1677 à *Phèdre*.

RACINE ET LA DOCTRINE CLASSIQUE

L'esprit classique

•

« Quel désordre ! Quelle irrégularité ! Nul goût, nulle connaissance des véritables beautés du théâtre... », déclare, dans un discours à l'Académie française en 1685, Racine à propos du théâtre français antérieur à Corneille.

Si Racine débutant n'a pas été totalement insensible à la galanterie et au romanesque du théâtre des années 1650 et 1660, ses grandes tragédies s'inscrivent, à partir de 1665, dans une période où triomphe l'ordre monarchique absolu de Louis XIV, mais aussi l'ordre de la doctrine classique, organisée dès avant 1660 et qui trouve son « code » en 1674 avec *L'Art poétique* de Boileau.

L'esthétique classique est essentiellement soumission à des normes, à des contraintes, que Boileau se bornera à rassembler et à formuler.

L'imitation

•

Première obligation, le dramaturge doit imiter la nature, c'est-à-dire observer les passions humaines :

> *Quiconque voit bien l'homme, et, d'un esprit profond,*
> *De tant de cœurs cachés a pénétré le fond...*
>
> Boileau, *LArt poétique*, III, v. 361-362

Il doit les styliser et les traduire dans une langue « naturelle » :

> *... soyez simple avec art, [...] agréable sans fard...*
>
> *Op. cit.*, I, v. 101-102

Imiter, c'est aussi suivre le modèle des Anciens, avec discernement, voire liberté. On puisera chez eux un sujet historique ou mythologique (histoire et mythologie sont, à l'époque, liées) qui suscite « pitié » et « terreur », conformément aux préceptes énoncés par Aristote (384-323 av. J.-C.) dans sa *Poétique*, et repris par Boileau.

L'exposition

•

Deuxième règle, l'exposition du sujet de la pièce doit être rapide et claire :

... Que, dès les premiers vers, l'action préparée
Sans peine du sujet aplanisse l'entrée.

Op. cit., III, v. 27-28

L'action

•

▪ L'action doit être **vraisemblable** : c'est-à-dire bannir les situations trop extraordinaires, trop incroyables, le merveilleux :

Jamais au spectateur n'offrez rien d'incroyable :
Le vrai peut quelquefois n'être pas vraisemblable.
Une merveille absurde est pour moi sans appas ;
L'esprit n'est point ému de ce qu'il ne croit pas.

Op. cit., III, v. 47 à 50

▪ Elle doit respecter **la bienséance**, c'est-à-dire ne pas choquer la pudeur ; aussi ne voit-on sur scène ni sang, ni violence, ni morts : un personnage les raconte :

Ce qu'on ne doit point voir, qu'un récit nous l'expose.

Op. cit, III, v. 51

▪ L'action doit être unique, se dérouler en un même lieu, et au plus en vingt-quatre heures : c'est la **règle dite « des trois unités »** :

Qu'en un lieu, qu'en un jour, un seul fait accompli
Tienne jusqu'à la fin le théâtre rempli.

Op. cit, III, v. 45-46

Le dénouement

•

Il doit être **nécessaire** (n'être pas dû au hasard), **complet** (tout résoudre) et **rapide**.
De plus, le « retournement de fortune » doit se faire « non pas du malheur vers le bonheur, mais, au contraire, du bonheur vers le malheur » (Aristote, *Poétique*, XIII, 1453a, traduction

Ci-contre, Emmanuelle Messignac au Théâtre 13, dans une mise en scène d'Anne Petit, en 1991.

M. Magnien, Librairie Générale Française, 1990). Et ce malheur, dans la tragédie, c'est la mort, quelque forme qu'elle revête : ainsi dans *Andromaque,* le meurtre, le suicide, la folie.

Les personnages

•

La tragédie étant un « genre noble », ils doivent être de « grands cœurs », des personnages hors du commun :

Des héros de roman fuyez les petitesses.
Toutefois, aux grands cœurs, donnez quelques faiblesses.

Op. cit., III, v. 103-104

Racine illustre avant la lettre ce précepte de Boileau : dans la préface d'*Andromaque,* il veut des personnages qui « ne soient ni tout à fait bons, ni tout à fait méchants ».
Il s'agit là encore d'être fidèle à la « nature » :

À ces petits défauts marqués dans sa peinture,
L'esprit avec plaisir reconnaît la nature.

Op. cit., III, v. 107-108

Dans *Andromaque,* et dans les grandes tragédies qui vont suivre, Racine atteint cet idéal classique dont il est peut-être le seul à avoir réalisé la miraculeuse alchimie : c'est qu'il a su, comme l'a observé D. Mornet, dédaignant avec bon sens et bon goût les subtiles discussions et querelles des doctes et des pédants, obéir à la règle essentielle : l'art de plaire.

LES LÉGENDES DU CYCLE TROYEN

Elles ont fourni à Racine l'arrière-plan historique, légendaire et mythique de sa pièce.

Les causes de la guerre de Troie

•

Troie – également appelée Ilion – capitale de la Troade, en Phrygie, est située sur la côte d'Asie Mineure, presque à l'entrée du détroit des Dardanelles (Turquie actuelle). Le vieux Priam, qui règne sur cette ville puissante aux remparts réputés inexpugnables, a de nombreux enfants (cinquante fils, dit la légende). Parmi eux, Hector (époux d'Andromaque), le plus vaillant guerrier de Troie, et Pâris, le plus beau. Lors d'un voyage à Sparte, Pâris séduit Hélène, femme du roi Ménélas et célèbre à travers toute la Grèce pour sa beauté légendaire. Il l'enlève, et se réfugie à Troie avec sa conquête – probablement consentante. Les rois des différentes villes grecques, tenus par un serment fait jadis au père d'Hélène, se liguent pour préparer la guerre contre Troie, afin de se venger de cet affront et de récupérer Hélène.
Agamemnon, roi de Mycènes et frère de Ménélas, est désigné comme chef suprême de l'armée. Mais pendant trois mois, la flotte de l'expédition attend vainement des vents favorables dans la baie d'Aulis, en Béotie. Pour obtenir les bonnes grâces d'Artémis, déesse de la contrée, Agamemnon doit sacrifier sa fille Iphigénie pour qu'enfin la flotte puisse appareiller.

Une guerre interminable

•

Le siège de Troie durera dix ans. Les guerriers grecs rivalisent de courage et d'exploits : Achille, le plus illustre et le plus redouté, mais aussi Agamemnon et son frère Ménélas, les deux Ajax, Diomède, Ulysse, connu pour son éloquence et sa ruse, etc. Mais le conflit s'enlise. Des disputes éclatent dans le camp grec. Achille se brouille avec Agamemnon qui s'est indûment emparé de Briséis, captive d'Achille. Ce dernier refuse désormais de participer aux combats, qui deviennent de plus en plus incertains et tournent à l'avantage des Troyens. Achille consent alors à prêter ses armes divines à Patrocle, son plus cher compagnon. Croyant avoir affaire à Achille, les Troyens sont repoussés jusqu'à ce qu'Hector parvienne, avec l'aide d'un dieu, à désarmer Patrocle et à le tuer. Fou de douleur, Achille provoque alors Hector en un combat singulier dont il sort victorieux. Il attache son cadavre à son char et le traîne autour des murailles de Troie, horrible spectacle auquel assistent Priam, le père d'Hector, Hécube, sa mère, Andromaque, sa femme, et tous les habitants de Troie, atterrés. Achille finira par restituer à Priam la dépouille d'Hector, auquel les Troyens font des funérailles grandioses.

Vainqueurs et vaincus

•

Après dix années de combats, c'est finalement par la ruse que triomphent les Grecs. Ils simulent un départ et laissent un gigantesque cheval de bois comme abandonné sur le rivage. Malgré les avertissements de Cassandre, les Troyens ravis traînent à l'intérieur de leur ville le cheval qui dissimule en fait une poignée de guerriers. À la faveur de la nuit, ceux-ci ouvrent les portes de la ville à l'armée grecque revenue en secret. Troie est mise à sac et incendiée, ses habitants et ses guerriers sont massacrés. Les captives sont tirées au sort entre les vainqueurs, et c'est ainsi qu'Andromaque se retrouve livrée à Pyrrhus, fils d'Achille.

Quant aux vainqueurs, leur sort n'est pas heureux pour autant. Nombreux sont ceux qui ne parviendront pas vivants chez eux. Certes, Hélène retourne auprès de son époux Ménélas. Mais Ulysse mettra dix ans pour retrouver son île d'Ithaque, où sa fidèle épouse Pénélope a toutes les peines du monde à repousser les prétendants à sa main et au trône. Agamemnon, de retour à Mycènes, sera assassiné par sa femme Clytemnestre, aidée par son amant Égisthe. Oreste (fils d'Agamemnon et de Clytemnestre) devra mettre à mort Égisthe et sa propre mère pour venger son père. Pyrrhus, pour l'amour d'Andromaque, délaisse sa fiancée (ou sa femme ?) Hermione (fille d'Hélène et de Ménélas). Pour se venger, celle-ci pousse Oreste à assassiner Pyrrhus.

L'INSPIRATION DES ANCIENS

S'il est conforme au précepte classique d'imitation des Anciens, le retour aux sources d'inspiration grecques et romaines est surtout, chez Racine, un retour à l'essence du tragique, à sa pureté. Il y puise traits de caractère, situations, idées. Il dit dans sa préface avoir tiré le sujet d'*Andromaque* d'un passage de l'*Énéide* de Virgile (poète latin du Ier siècle avant J.-C.) et emprunté quelques traits du caractère d'Hermione au poète tragique grec Euripide (Ve siècle avant J.-C.), auteur d'une *Andromaque*.

Homère

•

On attribue à ce poète grec du IXe siècle avant J.-C. l'épopée de l'*Iliade*, récit de la fin de la guerre de Troie (de la brouille entre Agamemnon et Achille aux funérailles d'Hector).
Racine y a trouvé une Andromaque mère et épouse émouvante, en particulier au chant VI de l'*Iliade*, dans la scène des adieux d'Hector et d'Andromaque, dont il avait lui-même annoté le texte grec. Ses observations sont ici rapportées en notes (regroupées p. 129). Les passages du texte auxquels elles s'appliquent sont entre crochets.

Hector aussitôt sort de son palais, et, parcourant de nouveau les rues bien bâties, arrive à travers Troie aux portes Scées, par où il doit sortir dans la plaine. Alors, accourt à sa rencontre son épouse richement dotée, Andromaque, fille du magnanime Éétion, qui habitait, dans l'Hypoplacie, la ville de Thèbe et régnait sur les Ciliciens. La fille de ce roi était unie au vaillant Hector. C'est elle qui maintenant rencontre le héros ; sa suivante l'accompagne, portant sur son sein le tendre enfant qui ne parle point encore, leur rejeton bien-aimé, beau comme la plus brillante étoile. [Son père lui a donné le nom de Scamandrios, mais le peuple l'appelle Astyanax, car c'est Hector qui protège Ilion.][1] [En voyant son fils, le héros sourit en silence, tandis qu'Andromaque, fondant en larmes, s'approche,][2] lui prend la main et s'écrie :
« Cruel, ta valeur te perdra[3], tu es sans pitié pour ton enfant au berceau et pour moi, infortunée, qui bientôt serai veuve ; car les Grecs ne tarderont pas à te tuer [en t'attaquant tous ensemble][4]. Il vaudrait mieux pour moi, t'ayant perdu, descendre sous la terre ! Il ne me restera aucune joie quand tu auras subi le destin, mais des afflictions ; je n'ai plus ni mon père ni mon auguste mère. [Le divin Achille, après avoir dévasté la célèbre ville des Ciliciens, Thèbe aux superbes portes, tua mon père Éétion][5]. Mais une crainte religieuse lui défendit d'enlever ses dépouilles. Il brûla dans ses armes merveilleuses le corps du roi ; et, sur lui, il éleva une tombe que les nymphes des montagnes, filles de Zeus, entourèrent d'ormeaux. Dans nos demeures j'avais sept frères ; tous, en un seul jour, furent précipités chez Hadès. L'impétueux Achille les immola comme ils gardaient nos taureaux et nos blanches brebis. Et ma mère qui régnait sur l'Hypoplacie ombragée des forêts, il la

conduisit ici avec tout le butin. Depuis il la délivra au prix de présents infinis mais Artémis, dans le palais paternel, la frappa de ses flèches. Hector, tu es pour moi mon père, ma vénérable mère, mon frère et mon jeune époux. [Prends pitié d'Andromaque, défends-toi du haut de nos tours, ne rends pas orphelin ton enfant et veuve ton épouse. Range l'armée près du figuier sauvage. De ce côté surtout on peut monter à la ville, le mur s'affaisse et trois fois les plus vaillants des Grecs, les deux Ajax, le célèbre Idoménée, les Atrides et l'intrépide Diomède, en ont tenté l'assaut, soit qu'un devin habile les ait instruits, soit que leur propre ardeur les ait entraînés. »][6]

Le magnanime Hector lui répond en ces termes[7] *: « Femme, tes soucis sont les miens ; mais je rougirais devant les Troyens et les Troyennes au long voile, si, comme un lâche, j'évitais les batailles. Mon âme d'ailleurs s'y refuse. N'ai-je point appris à me conduire en brave, à combattre au premier rang, [pour conserver la gloire de mon père et la mienne ?]*[8] *Cependant mon cœur, ma raison me le disent, [le jour viendra où succomberont la sainte Ilion et Priam et le peuple du belliqueux Priam.]*[9] *[Mais la douleur qu'auront alors les Troyens, celle d'Hécube elle-même et du roi, mon père, celle de mes frères qui, si braves et si nombreux, tomberont dans la poussière sous des mains ennemies, ne me sont pas à cœur autant que la tienne, lorsque l'un des Grecs t'emmènera baignée de larmes, après t'avoir ravi la liberté. Alors, dans Argos, tu tisseras de la toile pour autrui ; le cœur plein d'amertume, tu puiseras de l'eau à la fontaine Messéis ou d'Hypérie, et une dure nécessité pèsera sur toi. Alors, le passant, voyant tes pleurs, s'écriera : "Voici l'épouse d'Hector, qui parmi les Troyens excellait à combattre, lorsque, autour d'Ilion, on livrait ces grandes batailles." Telles seront ses paroles, et elles renouvelleront ta douleur, car tu n'auras plus d'époux pour te préserver de la servitude. Ah ! puissé-je être mort et enseveli sous la tombe, plutôt que d'entendre tes cris lorsque tu seras entraînée. »]*[10]

[À ces mots l'illustre Hector étend les bras pour prendre son fils ; mais l'enfant se détourne et se cache, en criant, dans le sein de sa nourrice à la belle ceinture : troublé par l'aspect de son père, il a crainte de l'airain et de la crinière qu'il a vue flotter terriblement au sommet du casque ;][11] *son père et son auguste mère sourient, et soudain le héros enlève de sa tête le casque, qu'il pose resplendissant à terre ; il donne un baiser à son enfant chéri, le berce dans ses bras et adresse cette prière à Zeus et aux autres immortels : « Zeus et vous, divinités, accordez-moi que cet enfant, que mon fils se signale comme moi parmi les Troyens, qu'il soit comme moi fort, et qu'il règne puissamment sur Ilion ; que l'on dise un jour à son retour des combats : « Il est bien plus brave que son père » ;*

qu'il rapporte les dépouilles sanglantes de l'ennemi par lui terrassé, et qu'en son âme sa mère se réjouisse.» Après cette prière, il remet l'enfant entre les mains de son épouse chérie, qui l'attire sur son sein parfumé et sourit en pleurant. Le héros, ému de pitié, la caresse de la main, et lui dit : «Amie, ne t'afflige pas tant à cause de moi; nul avant le terme fatal ne me précipitera chez Hadès. Je pense que personne, parmi les humains, lâche ou vaillant, dès qu'il a vu le jour, ne peut échapper au destin. Retourne donc dans mon palais; prends soin de tes travaux, du fuseau, de la toile; distribue à tes femmes leurs tâches. Aux hommes nés dans Ilion, et surtout à moi, sont réservés les périls de la guerre.»
Il dit et reprend son casque à flottante crinière. Son épouse chérie, regardant en arrière et fondant en larmes, retourne au palais de l'homicide Hector.

Iliade, *chant VI*, vers 392 à 496.

Notes de Racine

1. Vers 402 et 403 : *Hector modeste avait nommé simplement son fils du nom du fleuve Scamandre; mais les Troyens l'appelèrent Astyanax, parce que son père défendait leur ville.*
2. Vers 404 et 405 : *Image admirable. Silence et sourire d'Hector. Larmes d'Andromaque.*
3. Vers 407 : *Entretien divin d'Hector et d'Andromaque.*
4. Vers 410 : *Tous les Grecs ensemble; car elle croit qu'il n'en faut pas moins que cela pour venir à bout de son mari.*
5. Vers 14 : *Elle lui ramène devant les yeux les malheurs de sa maison pour le toucher davantage. – Homère a soin de parler d'Achille partout.*
6. Vers 431-439 : *Andromaque veut lui donner un conseil. Cela convient bien à une femme inquiète, et qui a l'esprit tout plein de la guerre à cause du péril de son mari.*
7. Vers 441 : *Le discours d'Hector est grave et passionné.*
8. Vers 446 : *Hector a soin de louer son père.*
9. Vers 447-449 : *Hector prévoit que Troie sera prise quelque jour. Cela excite plus de compassion que s'il était sûr de la victoire. Néanmoins, comme ce malheur lui paraît encore fort éloigné, cela ne décourage point le lecteur.*
10. Vers 450 : *Il rend la pareille à Andromaque et, comme elle n'aime que lui, il ne craint pour personne tant que pour elle.*
11. Vers 466-470 : *Tableau divin. – Artifice admirable d'Homère d'avoir mêlé le rire, les larmes, la gravité, la tendresse, le courage, la crainte et tout ce qui peut toucher.*

Virgile

•

Racine lui emprunte l'image d'Andromaque. On sent, dans les vers de Virgile que cite Racine, sa pudeur blessée, son amertume d'exilée, mais aussi sa fidélité à sa patrie et son immense tendresse à l'évocation d'Hector. Mais Racine « oublie » que pour Virgile, comme pour la plupart des Anciens, Astyanax a été tué à Troie, et qu'Andromaque a eu de Pyrrhus un autre fils. Le rapport entre Pyrrhus et Andromaque n'est donc pas du tout, chez les Anciens, ce qu'il devient chez Racine.

Euripide

•

Aux *Troyennes*, Racine emprunte le désespoir d'Andromaque lorsqu'on vient lui enlever son fils Astyanax.

Andromaque
O mon enfant, mon unique trésor,
tu vas mourir de la main de nos ennemis,
abandonnant ta mère infortunée.
Ce qui te fait périr, c'est l'héroïsme de ton père
qui fut le salut de tant d'autres, non le tien !
Infortuné, l'hymen qui me fit entrer au palais d'Hector !
Était-ce pour fournir une victime aux Grecs
que je souhaitais mettre au monde un fils ?
C'était pour qu'il régnât sur l'Asie et ses belles moissons.
Tu pleures, mon enfant ? Comprends-tu ton malheur ?
À quoi bon m'enserrer de tes bras, te suspendre à ma robe ?
comme un oiseau te blottir sous mes ailes ?
Hector ne viendra pas avec sa glorieuse lance,
ressuscitant du sol pour te sauver,
pas plus que ceux de ton lignage, ou la puissance des Phrygiens.
Lancé d'en haut, impitoyablement, pour une chute affreuse
qui brisera ta nuque, tu rendras le dernier soupir.
O corps de mon enfant, si doux à étreindre,
ô suave odeur de ta peau ! c'est donc en vain
que mon sein t'a nourri lorsque tu étais dans tes langes !
En vain je me suis épuisée de peine et de tourment.
Donne ce baiser à ta mère ; ce sera le dernier.
Contre elle serre-toi, passe tes bras
autour de mon cou, pose ta bouche sur ma bouche.
C'est vous, les Grecs, qui inventez des supplices barbares !
De quel droit tuez-vous cet enfant innocent ?
Hélène, la Tyndaride, ce n'est pas de Zeus que tu es la fille,
nombreux sont tes parents : Fléau, Haine, Meurtre, Mort,
et tous les monstres issus de la terre.

Non, je n'oserais te donner Zeus pour père,
à toi, mauvais génie pour tant de Grecs et de Barbares!
Sois maudite! Les champs fameux de la Phrygie,
tes beaux yeux en ont fait une hideuse solitude!
Voilà mon fils, vous pouvez l'emmener, l'emporter,
le précipiter, si tel est votre bon plaisir
ou faire repas de sa chair. Les dieux ont voulu notre perte.
Comment pourrai-je empêcher mon fils de mourir?
(Talthybios prend Astyanax; le chariot se remet en marche. Andromaque se laisse tomber parmi les armes.)

Recouvrez mon malheureux corps et jetez-le dans le bateau.
Bel hymen où je vais, après avoir dû livrer mon enfant!

Euripide, *Théâtre complet, Les Troyennes.* Traduction Marie Delcourt-Carvers, Gallimard, La Pléiade, 1962.

À l'*Iphigénie en Tauride,* Racine emprunte un épisode de la légende d'Oreste (allant « mendier la mort » chez les Scythes), avec lequel il prend quelques libertés (II, 2, v. 491 à 494). À l'*Oreste,* Racine emprunte la folie d'Oreste.
L'*Andromaque* d'Euripide, enfin, repose surtout sur l'affrontement entre deux femmes : Andromaque et Hermione. La psychologie est sommaire, les personnages sans grandeur, la bienséance du XVIIe y serait souvent heurtée par le ton direct, parfois brutal et cru de leurs propos.

HERMIONE. *Qu'est-ce que ces grands mots? Tu oses discuter de décence, comme de ton apanage! Et moi, n'en ai-je pas?*
ANDROMAQUE. *Non certes, et tes discours viennent de le prouver.*
HERMIONE. *Qu'il me soit épargné de jamais penser comme toi.*
ANDROMAQUE. *Tu es trop jeune pour parler de ces choses honteuses.*
HERMIONE. *Celles que tu sais taire, pour mieux les tourner contre moi!*
ANDROMAQUE. *Garde donc le silence sur tes peines d'amour.*
HERMIONE. *Pourquoi? Pour une femme, n'est-ce pas le premier des biens?*
ANDROMAQUE. *Pourvu qu'elle en use avec dignité. Sinon, c'est sa honte.*
HERMIONE. *On ne se règle pas ici sur les lois des barbares.*
ANDROMAQUE. *Là-bas comme ici, ce qui est laid est aussi dégradant.*
HERMIONE. *Ah! que tu sais bien raisonner! Et cependant la mort t'attend.*
ANDROMAQUE. *Vois-tu l'image de Thétis, les yeux fixés sur toi?*
HERMIONE. *Pleins de haine pour ton Ilion, qui fit mourir Achille.*

ANDROMAQUE. Ce n'est pas moi qui l'ai tué, c'est Hélène, ta mère !
HERMIONE. Dois-tu toujours toucher cette place où je souffre ?
ANDROMAQUE. J'obéis, je me tais et garde bouche close.
HERMIONE. Réponds enfin sur l'objet qui m'amène...
ANDROMAQUE. Je réponds que tes sentiments ne sont pas ce qu'ils devraient être.
HERMIONE. Vas-tu enfin quitter l'enclos de la déesse ?
ANDROMAQUE. Oui, si j'ai la vie sauve. Sinon jamais.
HERMIONE. Eh bien, ta mort est décidée. Et je n'attendrai pas que mon mari revienne.
ANDROMAQUE. Et moi, pour renoncer à me défendre, j'attendrai son retour.

Sénèque

•

Racine a puisé quelques détails dans *Les Troyennes* de cet auteur latin du Ier siècle après J.-C.

LES SOURCES CONTEMPORAINES

Voltaire verra, dans *Pertharite* de Corneille (1651), qui fut d'ailleurs un échec, « toute la disposition de la tragédie d'*Andromaque* et même la plupart des sentiments que Racine a mis en œuvre avec tant de supériorité ». C'est une hypothèse mais il n'y a pas lieu de la rejeter : les auteurs dramatiques d'alors, et Racine parmi eux, « s'empruntaient » fréquemment leurs sujets dans un esprit de concurrence qui n'était pas toujours loyal.

DES RELATIONS COMPLEXES

Dans *Andromaque*, comme dans toutes les tragédies de Racine, les relations entre les personnages sont complexes, les rapports passionnels notamment interfèrent avec les rapports d'autorité :
– Pyrrhus tient Andromaque en son pouvoir et l'aime, alors qu'elle ne l'aime pas et qu'elle est soumise à son pouvoir. Captive, Andromaque asservit son « geôlier » : le rapport passionnel contredit le rapport d'autorité, en ce que Barthes nomme « une double équation », qui, selon lui, est fondamentale de la tragédie. Les autres rapports, entre Oreste et Hermione, entre Hermione et Pyrrhus, rapports passionnels en même temps que rapports de force, sont eux aussi « bloqués », sans issue, laissant chacun désespérément insatisfait.

> *Quatre personnages remplissent le drame : Oreste, Hermione, Pyrrhus, Andromaque. Oreste aime Hermione, qui ne l'aime pas ; Hermione aime Pyrrhus, qui ne l'aime pas ; Pyrrhus aime Andromaque, qui ne l'aime pas. Ainsi trois groupes de termes opposés, qui se repoussent et s'attirent à la fois : Oreste et Hermione, Hermione et Pyrrhus, Pyrrhus et Andromaque. On pourrait presque... dire : Hermione et Pyrrhus sont les deux moyens dont Oreste et Andromaque sont les deux extrêmes... Quel est maintenant le jeu du drame ? Il est tout entier dans le va-et-vient de ces deux moyens termes, tantôt se rapprochant, tantôt s'éloignant de ces deux extrêmes. Tantôt, en effet, Pyrrhus désespéré se détourne d'Andromaque et revient à Hermione, qui alors se hâte d'abandonner Oreste, et ainsi les deux extrêmes restent seuls, Andromaque dans sa joie (ceci est inexact), Oreste dans sa fureur ; tantôt, au contraire, l'espoir ramène Pyrrhus vers Andromaque, et Hermione à son tour, désespérée et ulcérée, se tourne vers Oreste... Aucune invention externe, aucune combinaison matérielle, aucune surprise, tout dans l'âme, rien que dans l'âme ; c'est une merveille d'art dramatique.*
>
> P. Janet, *Les Passions et les caractères dans la littérature du XVIIe siècle*, 1888.

– On peut trouver une autre « équation » : trois personnages aiment (Oreste, Hermione, Pyrrhus), trois personnages ne répondent pas à l'amour qu'ils inspirent (Hermione, Pyrrhus, Andromaque), pourtant, il n'y a que quatre personnages condamnés à la frustration et à la solitude, comme s'ils étaient voués à aimer ceux qui ne les aiment pas justement parce que ceux-ci ne les aiment pas :

> *Nous sommes plus près d'aimer ceux qui nous haïssent que ceux qui nous aiment plus que nous ne voulons.*
>
> La Rochefoucauld, *Maximes*, CCCXXI.

ANDROMAQUE OU PYRRHUS?

Dans l'*Andromaque* d'Euripide, la « funeste querelle » entre Andromaque et Hermione était le centre de la pièce. Dans le passage de l'*Énéide* que cite Racine dans sa préface, est évoqué, aux vers 330-331-332, l'affrontement entre Oreste et Pyrrhus. Dans l'*Andromaque* de Racine, ces deux affrontements sont moins critiques. Et si Andromaque est la figure la plus « élevée », la plus tragique, selon Goldmann, puisque c'est elle qui se trouve devant un dilemme, c'est Pyrrhus qui est l'épicentre de la crise, seul à être confronté violemment aux trois autres personnages : il est « l'actant central » [...], c'est en lui « que se croisent les forces en présence », observe J. Rohou dans *L'évolution du tragique racinien* (SEDES, 1991).

ORESTE

D'après la légende, sa mère Clytemnestre a, avec la complicité de son amant Égisthe, tué Agamemnon son époux à son retour victorieux de la guerre de Troie. Quelques années plus tard, Oreste, avec l'aide de sa sœur Électre et de son ami Pylade, la tue ainsi qu'Égisthe pour venger son père. En proie à la folie, poursuivi par les Érynies pour ce parricide, il est purifié par Apollon et acquitté par un tribunal d'Athéniens « présidé » par la déesse Athéna.
Racine situe son *Andromaque* très peu de temps après la fin de la guerre :

> *Ah! si du fils d'Hector la perte était jurée,*
> *Pourquoi d'un an entier l'avons-nous différée?*
>
> (vers *205-206*)

Or, à ce moment-là, Agamemnon n'est pas encore arrivé chez lui, n'a donc pas encore été assassiné, *a fortiori* pas encore été vengé par son fils. Racine entretient habilement le doute : l'errance d'Oreste semble n'être due qu'au dépit amoureux (vers 41 et suivants) ; le nom d'Agamemnon n'est prononcé que trois fois (vers 178-274-1162) et encore ne l'est-il deux fois que pour désigner Oreste par la périphrase « le fils d'Agamemnon ». Il n'est fait aucune mention de son sort alors que les noms d'Achille, d'Hector et d'Hélène ponctuent abondamment la pièce. De toute évidence, l'action d'*Andromaque* se déroule, contrairement à la légende, avant le parricide d'Oreste. En éludant la question, Racine conserve à son personnage sa dimension mythique sans déséquilibrer sa pièce au

profit d'un Oreste trop lourdement tragique. Cependant, il est déjà « triste », « mélancolique », « suivi » par le malheur.
Oreste est le héros de nombreuses œuvres, depuis l'Antiquité jusqu'à nos jours : *Orestie* d'Eschyle (458 av. J.-C.) ; *Électre* de Sophocle (vers 425 av. J.-C.) ; *Électre* (413 av. J.-C.) et *Oreste* (408) d'Euripide ; mais aussi *Oreste* de Voltaire (1750) ; *Électre* de Giraudoux (1937) ; *Les Mouches* de Sartre (1943).

LES CONFIDENTS

On peut observer que ce sont les seuls personnages qui, dans *Andromaque* comme dans les autres tragédies de Racine, échappent à l'enfermement tragique et qui paradoxalement, puisque ce sont en général des serviteurs, des subalternes, sont libres, tant de parler que de chercher des solutions, des compromis : c'est le cas de Cléone, de Céphise, mais aussi de Phœnix, gouverneur de Pyrrhus, et de Pylade, ami d'Oreste.

Céphise et Andromaque au Théâtre de France.

LE JUGEMENT DES CONTEMPORAINS

Si le public est immédiatement séduit par *Andromaque*, les critiques, eux, sont plus réticents, voire carrément hostiles à la pièce.

> *Il me paraît qu'*Andromaque *a bien l'air des belles choses ; il ne s'en faut presque rien qu'il n'y ait du grand. Ceux qui n'entreront pas assez dans les choses l'admireront ; ceux qui veulent des beautés pleines y chercheront je ne sais quoi d'attrayant qui les empêchera d'être tout à fait contents. Vous avez raison de dire que la pièce est déchirée par la mort de Montfleury, car elle a besoin de grands comédiens qui remplissent par l'action ce qui lui manque ; mais, à tout prendre, c'est une belle pièce, et qui est fort au-dessus du médiocre, quoiqu'un peu au-dessous du grand.*
>
> Saint-Évremond, *Lettre à M. de Lionne*, 1668.

> *La racine s'ouvrant une nouvelle voie*
> *Alla signaler ses vertus*
> *Sur les débris pompeux de la fameuse Troie,*
> *Et fit un grand sot de Pyrrhus,*
> *D'Andromaque une pauvre bête*
> *Qui ne sait où porter son cœur,*
> *Ni même où donner de la tête.*
>
> Barbier d'Aucour, *Apollon, vendeur de Mithridate*, 1675.

AU XVIIIe SIÈCLE

Une fois les passions calmées, on parvient à une critique plus nuancée de la pièce, plus « scientifique » aussi, telle celle de Voltaire :

> *Il y a manifestement deux intrigues dans l'*Andromaque *de Racine, celle d'Hermione aimée d'Oreste et dédaignée de Pyrrhus, celle d'Andromaque, qui voudrait sauver son fils et être fidèle aux mânes d'Hector. Mais ces deux intérêts, ces deux plans sont si heureusement rejoints ensemble que, si la pièce n'était pas un peu affaiblie par quelques scènes de coquetterie et d'amour plus dignes de Térence que de Sophocle, elle serait la première tragédie du théâtre français.*
>
> Voltaire, *Remarque sur le Troisième Discours du poème dramatique, de Corneille*, 1764.

AU XIXe SIÈCLE

Ce siècle est surtout sensible au personnage d'Andromaque, femme et mère, et redécouvre sa beauté.

Tout ce qu'il y a de dévouement dans l'épouse, de tendresse dans la mère, Racine en a doué Andromaque. Mais il a voulu en même temps que la belle et aimable fille d'Éétion, l'Andromaque aux bras blancs, fût femme, et qu'elle n'ignorât pas la puissance de sa beauté. Elle s'en sert pour se défendre et pour protéger son fils; c'est de sa vertu même qu'elle apprend l'influence de ses charmes et que lui vient la pensée d'en user. J'appellerais cela une coquetterie vertueuse, si la plus noble de toutes les épithètes pouvait relever le mot de coquetterie. Le détail en est exquis; c'est la partie la plus touchante du rôle d'Andromaque.

D. Nisard, *Histoire de la littérature française*, 1844-1861.

Andromaque, je pense à vous! Ce petit fleuve,
Pauvre et triste miroir où jadis resplendit
L'immense majesté de vos douleurs de veuve,
Ce Simoïs menteur qui par vos pleurs grandit,
[...]
Andromaque, des bras d'un grand époux tombée,
Vil bétail, sous la main du superbe Pyrrhus,
Auprès d'un tombeau vide en extase courbée;
Veuve d'Hector, hélas! et femme d'Hélénus!

Baudelaire, *Les Fleurs du Mal, Tableaux parisiens*, «Le Cygne», I, 1 et II, 3, 1857.

AU XXe SIÈCLE

Ce qui distingue Hermione, c'est une certaine candeur violente de créature encore intacte, une hardiesse à tout dire qui sent la fille de roi et l'enfant trop adulée, toute pleine à la fois d'illusions et d'orgueil; qui est passionnée, mais qui n'est pas tendre, l'expérience amoureuse lui manquant, et qui n'a pas de pitié. Et ainsi elle garde, au milieu de sa démence d'amour, son caractère de vierge, de grande fille hautaine et mal élevée – absoute de son crime par son ingénuité quand même, et par son atroce souffrance.

J. Lemaître, *Jean Racine*, 1908.

Avec Andromaque *se dessine une psychologie de l'amour, que Racine a reprise et approfondie ensuite, surtout dans* Bajazet *et dans* Phèdre, *et qui est, dans son théâtre, l'élément le plus ouvertement et le plus violemment contraire à la tradition. Autour de Racine, dans le théâtre tragique de son temps et dans les romans qui avaient la faveur du public, triomphait partout l'esprit, plus ou moins modernisé, de la chevalerie romanesque. [...] Racine a rompu sa tradition, en introduisant dans la tragédie un amour violent et meurtrier, contraire en tous points aux habitudes courtoises.*

P. Bénichou, *Morales du Grand Siècle*, Gallimard, 1948.

Andromaque *marque la transition vers la vérité des années soixante : absolutisme et augustinisme réduisent leurs sujets à l'impuissance et à la culpabilité. C'est la ruine de l'ordre héroïque, remplacé par un ordre spirituel qui est son inverse, voire perçu comme criminel.*

J. Rohou, *L'Évolution du tragique racinien*, SEDES, 1991.

Les représentations d'*Andromaque* à la Comédie-Française :

Andromaque a été jouée :
- de 1680 à 1700 : 116 fois
- au XVIIIe siècle : 296 fois
- au XIXe siècle : 447 fois
- de 1900 à 1989 : 626 fois

soit au total : 1 485 représentations.

C'est la tragédie de Racine la plus représentée ; dans le même temps, *Phèdre* est représentée 1 362 fois (dont 375 fois entre 1900 et 1989).

D'UNE GRANDEUR À L'AUTRE

L'idée éblouissante du « Grand Siècle », qui réduit parfois, dans l'imagerie, le XVIIe siècle au seul « siècle » de Louis XIV, ne doit pas faire oublier que le triomphe du Roi-Soleil vient conclure, en apparence du moins, près d'un demi-siècle de crises ; crise en particulier d'une aristocratie, jalouse de ses privilèges, de sa liberté, de sa grandeur, hérités d'un passé féodal et qu'elle va désespérément défendre pendant la Fronde (entre 1648 et 1652), contre l'emprise du pouvoir central de Mazarin, puis, à partir de 1661, d'un Louis XIV qui impose progressivement la monarchie absolue de droit divin, humiliant les orgueils, réduisant les volontés, soumettant les « grands cœurs », décidant, souvent arbitrairement et sans appel, du sort de chacun.

DES VALEURS EN DÉCLIN

Les valeurs de cette aristocratie – héroïsme, « générosité », honneur, volonté, confiance en un homme « plus grand que nature » – s'accompagnent d'une conception idéaliste de l'amour, proche encore de l'amour courtois. Elle les puise dans la tradition chevaleresque de son passé féodal. Ces valeurs sont celles des « âmes bien nées » du théâtre de Corneille, essentiellement depuis *Le Cid* en 1636 jusqu'à *Nicomède* en 1651. Elles ont trouvé leur vigueur dans l'optimisme humaniste, nourri de certitudes, du siècle précédent, confortées par l'hymne cartésien à la raison et à la volonté : valeurs exaltantes d'hommes « maîtres de soi ». Cette éthique trouve une caution religieuse dans un christianisme qui, jusque vers 1645, a confiance en l'homme, et notamment chez les Jésuites.
Mais les certitudes qui fondent ces valeurs, déjà mises en question par le doute de Montaigne, ébranlées par l'évolution de la conception du monde, vont être battues en brèche par Pascal et le jansénisme dans un monde qui connaît le déclin de la noblesse féodale et l'ascension de la noblesse de robe et de la bourgeoisie.

LE « DIEU CACHÉ »

Si l'absolutisme monarchique réduit l'héroïsme des grands, un christianisme devenu fort pessimiste, dont la forme extrême est le jansénisme, va dissuader les hommes « de se croire des héros et des demi-dieux » : la formule se trouve dans la préface du traité de *La Fausseté des vertus humaines* de l'abbé Jacques Esprit, publié après sa mort en 1678 par Madame de Sablé qui tenait un salon fréquenté par La Rochefoucauld et les jansénistes.

Saint Augustin (354-430) avait rappelé la faiblesse de l'homme, déchu depuis le péché d'Adam, ignorant, corrompu et que seule la grâce divine pourrait sauver, sans qu'il puisse ni la mériter ni la refuser. Jansen (qui donne son nom au jansénisme), évêque d'Ypres, restaure ces idées, dans un ouvrage en latin, l'*Augustinus,* dont la publication (posthume) date de 1640.
Pascal, savant prodige « converti » au jansénisme, observe ses contemporains. Il en fustige la présomption, condamne les passions, leur montre crûment leur misère, leur petitesse et les avertit : leur salut, leur destin dépendent non d'eux-mêmes, mais de Dieu, un « Dieu caché »[1].

LA SCÈNE TRAGIQUE

Ce « Dieu caché » est celui de la tragédie : « la divinité qui régit l'univers de la tragédie est le contraire même du Dieu providentiel, car elle n'indique jamais au héros un chemin qu'il pourrait prendre pour réaliser une vie authentique. Toujours présent, ce Dieu est en même temps un dieu caché, un dieu toujours absent » écrit L. Goldmann dans *Racine.*
Racine, élève des jansénistes à Port-Royal, a pu observer à la Cour, ces hommes qui se croient des héros, ces mondains qui se laissent parfois aller aux passions les plus violentes, ces amours courtoises qui dissimulent à grand-peine haine et jalousie. Ses tragédies où la fatalité antique rencontre le jansénisme, peignent ces illusions, ces passions, peut-être pour en « purifier » l'homme.
Un autre témoin, sans complaisance, le duc de La Rochefoucauld, écrit dans ses *Maximes,* qui paraissent deux ans avant *Andromaque :*

> *L'homme croit souvent se conduire lorsqu'il est conduit : et pendant que par son esprit il tend à un but, son cœur l'entraîne insensiblement à un autre.*
>
> *XLIII*
>
> *Quelque grands avantages que la nature donne, ce n'est pas elle seule, mais la fortune avec elle qui fait les Héros.*
>
> *LIII*

1. Pascal *Pensées,* Br. 585) cite le prophète Isaïe : « *Vere tu es Deus absconditus* », « Tu es vraiment un Dieu caché », XIV, 15.

IMAGES D'UNE GUERRE OMNIPRÉSENTE

▪ De nombreux épisodes de la guerre de Troie puisés chez Homère sont évoqués dans la pièce ou servent de « toile de fond » :
– le souvenir d'Achille est omniprésent. Sa querelle avec Agamemnon, à l'origine de sa colère, est évoquée en particulier aux vers 233-234 ;
– les « hauts faits » d'Hector sont rapportés aux vers 154-160 ;
– l'incendie des vaisseaux devant Troie, au vers 842 ;
– le subterfuge imaginé par Andromaque pour sauver de la mort Astyanax, aux vers 73-76 et 222 ;
– le partage des prisonniers, au vers 186 ;
– l'incendie de Troie, aux vers 993-1004 et 1337 ;
– la mort de Polyxène, au vers 1338 ;
– les adieux d'Hector et d'Andromaque, aux vers 1018-1026.
Ces épisodes, glorieux et cruels, les noms des héros (Achille, Hector, Ulysse, Agamemnon, Ménélas), répétés de façon presque incantatoire tout au long de la pièce, lui donnent des accents de légende, d'épopée.
▪ La fréquence des termes « héroïques » : « coup » (au sens d'action hardie), « violence », « gloire », « victoire », « éclat »..., ajoute à ce climat.
▪ Ces images de la guerre sont renforcées par des images de feu : flammes des incendies, regards étincelants des héros, ardeur des combats.

DE L'HÉROÏSME À LA BARBARIE

Démystification de la guerre

•

▪ Dans l'évocation de la guerre, l'humain côtoie l'héroïque : les souffrances, le sang, les larmes, sont le corollaire des exploits. L'héroïsme sombre dans la barbarie :
– ainsi Hector est un héros, certes, mais sanguinaire (vers 155-160) ;
– quel « généreux coup » que Polyxène égorgée (vers 1338-1340) !
Triste image que celle d'un vieillard (Priam), suppliant,...
« [...] renversé,
Ensanglantant l'autel qu'il tenait embrassé » (vers 995-996) ;
– que de barbarie dans l'indigne sort de
« [...] Hector privé de funérailles,
Et traîné sans honneur autour de nos murailles » !

Il n'y a nul respect chevaleresque entre les adversaires qui ne sont plus des preux mais des brutes avides de carnage (vers 1002).

- Au feu succèdent les cendres : celles des ruines de Troie incendiée, celles d'Hector, images de l'inanité, de la stérilité de la guerre.
- À la « lueur » des « palais brûlants », des « yeux étincelants », succède une « nuit éternelle » (vers 998) à laquelle sont voués les personnages.

Vainqueurs et vaincus s'y rejoignent : les combats où ils cherchaient la gloire n'ont engendré que l'horreur et la mort.

Condamnation de la guerre

•

À propos de *La Guerre de Troie n'aura pas lieu* de Jean Giraudoux (1935), voici ce qu'écrit Pierre Veber, critique au *Petit Journal*, au lendemain de la première représentation : [il ne s'agit pas] « à proprement parler d'une pièce de théâtre. [C'est plutôt] une moralité légendaire [...] où l'on fait le procès de la guerre ».

Dans la scène 3 de l'acte I, Andromaque, convaincue que la guerre n'aura pas lieu, demande à Hector, qu'elle croit pacifique, s'il aime la guerre :

> HECTOR. *Si l'on se laisse séduire par cette petite délégation que les dieux vous donnent à l'instant du combat...*
>
> ANDROMAQUE. *Ah ? Tu te sens un dieu, à l'instant du combat ?*
>
> HECTOR. *Très souvent moins qu'un homme... Mais parfois, à certains matins, on se relève du sol allégé, étonné, mué. Le corps, les armes ont un autre poids, sont d'un autre alliage. On est invulnérable. Une tendresse vous envahit, vous submerge, la variété de tendresse des batailles : on est tendre parce qu'on est impitoyable ; ce doit être en effet la tendresse des dieux. On avance vers l'ennemi lentement, presque distraitement, mais tendrement. Et l'on évite aussi d'écraser le scarabée. Et l'on chasse le moustique sans l'abattre. Jamais l'homme n'a plus respecté la vie sur son passage...*
>
> ANDROMAQUE. *Puis l'adversaire arrive ?...*
>
> HECTOR. *Puis l'adversaire arrive, écumant, terrible. On a pitié de lui, on voit en lui, derrière sa bave et ses yeux blancs, toute l'impuissance et tout le dévouement du pauvre fonctionnement humain qu'il est, du pauvre mari et gendre, du pauvre cousin germain, du pauvre amateur de raki et d'olives qu'il est. On a de l'amour pour lui. On aime sa verrue sur sa joue, sa taie dans son œil. On l'aime... Mais il insiste... Alors on le tue.*

ANDROMAQUE. Et l'on se penche en dieu sur ce pauvre corps ; mais on n'est pas dieu, on ne rend pas la vie.

HECTOR. On ne se penche pas. D'autres vous attendent. D'autres avec leur écume et leurs regards de haine. D'autres pleins de famille, d'olives, de paix.

ANDROMAQUE. Alors on les tue ?

HECTOR. On les tue. C'est la guerre.

À la scène 6 de l'acte I, Priam est entouré de son épouse, Hécube, d'Andromaque, Hector, Cassandre, Polyxène, Pâris et Demokos, le poète. À ses filles qui luttent pour éviter la guerre, il dit :
« La paix [...] vous donnera des maris veules, inoccupés, fuyants, quand la guerre vous fera d'eux des hommes !... » Le poète Demokos rectifie : « Des héros. »

HÉCUBE. Nous connaissons le vocabulaire. L'homme en temps de guerre s'appelle le héros. Il peut ne pas en être plus brave, et fuir à toutes jambes. Mais c'est du moins un héros qui détale.

ANDROMAQUE. Mon père, je vous en supplie. Si vous avez cette amitié pour les femmes, écoutez ce que toutes les femmes du monde vous disent par ma voix. Laissez-nous nos maris comme ils sont. Pour qu'ils gardent leur agilité et leur courage, les dieux ont créé autour d'eux tant d'entraîneurs vivants ou non vivants ! Quand ce ne serait que l'orage ! Quand ce ne serait que les bêtes ! Aussi longtemps qu'il y aura des loups, des éléphants, des onces, l'homme aura mieux que l'homme comme émule et comme adversaire. Tous ces grands oiseaux qui volent autour de nous, ces lièvres dont nous les femmes confondons le poil avec les bruyères, sont de plus sûrs garants de la vue perçante de nos maris que l'autre cible, que le cœur de l'ennemi emprisonné dans sa cuirasse. Chaque fois que j'ai vu tuer un cerf ou un aigle, je l'ai remercié. Je savais qu'il mourait pour Hector. Pourquoi voulez-vous que je doive Hector à la mort d'autres hommes ?

PRIAM. Je ne le veux pas, ma petite chérie. Mais savez-vous pourquoi vous êtes là, toutes si belles et si vaillantes ? C'est parce que vos maris et vos pères et vos aïeux furent des guerriers. S'ils avaient été paresseux aux armes, s'ils n'avaient pas su que cette occupation terne et stupide qu'est la vie se justifie soudain et s'illumine par le mépris que les hommes ont d'elle, c'est vous qui seriez lâches et réclameriez la guerre. Il n'y a pas deux façons de se rendre immortel ici-bas, c'est d'oublier qu'on est mortel.

ANDROMAQUE. Oh ! justement, Père, vous le savez bien ! Ce sont les braves qui meurent à la guerre. Pour ne pas y être tué, il faut un grand hasard ou une grande habileté. Il faut avoir courbé la tête, ou s'être agenouillé au moins une fois devant le danger. Les soldats qui défilent sous les arcs de triomphe sont ceux qui ont déserté la mort. Comment un pays pourrait-il gagner dans son honneur et dans sa force en les perdant tous les deux?

PRIAM. *Ma fille, la première lâcheté est la première ride d'un peuple.*

ANDROMAQUE. *Où est la pire lâcheté? Paraître lâche vis-à-vis des autres, et assurer la paix? Ou être lâche vis-à-vis de soi-même et provoquer la guerre?*

Comble de l'absurdité, la guerre qui se prépare se trompe de cause. À la scène 8 de l'Acte II, Andromaque supplie Hélène d'aimer Pâris, qu'elle a suivi jusqu'à Troie, pour qu'au moins cette guerre, désormais inévitable, ait un sens.

HÉLÈNE. *Ce ne serait sans doute pas la même guerre?*

ANDROMAQUE. *Oh! non, Hélène! Vous sentez bien ce qu'elle sera, cette lutte. Le sort ne prend pas tant de précautions pour un combat vulgaire. Il veut construire l'avenir sur elle, l'avenir de nos races, de nos peuples, de nos raisonnements. Et que nos idées et que notre avenir soient fondés sur l'histoire d'une femme et d'un homme qui s'aimaient, ce n'est pas si mal. Mais il ne voit pas que vous n'êtes qu'un couple officiel... Penser que nous allons souffrir, mourir, pour un couple officiel, que la splendeur ou le malheur des âges, que les habitudes des cerveaux et des siècles vont se fonder sur l'aventure de deux êtres qui ne s'aimaient pas, c'est là l'horreur.*

HÉLÈNE. *Si tous croient que nous nous aimons, cela revient au même.*

ANDROMAQUE. *Ils ne le croient pas. Mais aucun n'avouera qu'il ne le croit pas. Aux approches de la guerre, tous les êtres sécrètent une nouvelle sueur, tous les événements revêtent un nouveau vernis, qui est le mensonge. Tous mentent. Nos vieillards n'adorent pas la beauté, ils s'adorent eux-mêmes, ils adorent la laideur. Et l'indignation des Grecs est un mensonge. Dieu sait s'ils se moquent de ce que vous pouvez faire avec Pâris, les Grecs! Et leurs bateaux qui accostent là-bas dans les banderoles et les hymnes, c'est un mensonge de la mer. Et la vie de mon fils, et la vie d'Hector vont se jouer sur l'hypocrisie et le simulacre, c'est épouvantable!*

HÉLÈNE. *Alors?*

ANDROMAQUE. *Alors je vous en supplie, Hélène. Vous me voyez là pressée contre vous comme si je vous suppliais de m'aimer. Aimez Pâris! Ou dites-moi que je me trompe! Dites-moi que vous vous tuerez s'il mourait! Que vous accepterez qu'on vous défigure pour qu'il vive!... Alors la guerre ne sera plus qu'un fléau, pas une injustice. J'essaierai de la supporter.*

ANDROMAQUE, UNE NOUVELLE GUERRE DE TROIE ?

Les liens du sang et du nom

•

Tous les personnages de la pièce sont directement liés à la guerre par le sang, celui qui coule dans leurs veines et celui qu'ils ont versé.
Ils sont d'ailleurs souvent désignés (et se désignent entre eux) non par leur propre nom mais par la périphrase « fils (ou fille) de... » Ainsi, au vers 274, le « fils d'Agamemnon » ; au vers 310, le « fils d'Achille » ; au vers 342, la « fille d'Hélène », désignent respectivement Oreste, Pyrrhus, Hermione.

▪ **Oreste** est lié par le sang à la guerre de Troie à trois titres : il est le frère d'Iphigénie, dont le sacrifice a permis le départ de la flotte grecque ; il est le fils d'Agamemnon, « roi des rois », chef suprême des Grecs pendant le siège de Troie. Enfin, il venge son père assassiné en tuant sa propre mère, Clytemnestre.

▪ **Hermione** : elle est la fille de Ménélas, frère d'Agamemnon, et de la belle Hélène, dont l'enlèvement a déclenché la guerre. Elle a été promise en mariage avant la guerre à son cousin germain Oreste, mais son père s'est ensuite rétracté et a promis sa main à Pyrrhus en remerciement pour sa participation décisive aux combats.

▪ **Andromaque** « aux bras blancs » selon l'épithète homérique ; étymologiquement, son nom signifie « celle qui combat les hommes ». Elle est marquée par la guerre : son père Éétion et ses sept frères ont été tués par Achille. Elle a épousé Hector, fils de Priam roi de Troie, lui aussi tué par Achille au fils duquel, Pyrrhus, elle est échue en partage après la destruction de Troie. Elle a eu d'Hector un fils, Astyanax.

▪ **Pyrrhus** : il est fils du « divin Achille aux pieds légers ». À la mort de celui-ci, le devin Hélénos prédit que Troie ne sera prise qu'à certaines conditions, dont la présence parmi les Grecs de Pyrrhus. Ulysse et Phœnix vont chercher Pyrrhus et Ulysse lui offre l'armure d'Achille. Il va combattre avec vaillance ; il entrera dans Troie, dans le cheval imaginé par Ulysse, poignardera Priam et égorgera Polyxène sur la tombe d'Achille dont l'ombre l'a exigé.

Pyrrhus, en grec, signifie « le roux » : peut avoir été nommé ainsi soit, certes, parce que ses cheveux ont la couleur du feu, soit aussi parce qu'il est « le double » d'Achille qui, pour séduire Déidamie (qui sera la mère de Pyrrhus), s'était déguisé en fille et avait alors été nommé Pyrrha. Il a pour autre nom Néoptolème, « le jeune guerrier », qu'il a reçu, comme un adoubement, de Phœnix, gouverneur de son père.

- **Pylade** l'ami d'Oreste, est aussi son cousin puisqu'il est fils d'Anaxibie, sœur d'Agamemnon. C'est lui qui, Oreste hésitant à tuer sa mère, lui rappelle son devoir sacré de vengeance.
- **Astyanax**, enfin, personnage absent mais essentiel, de la pièce (de même qu'Hector). C'est son sang qu'Oreste vient réclamer à Pyrrhus au nom des Grecs (acte I, scène 2) :

Oui, les Grecs sur le fils persécutent le père;
Il a par trop de sang acheté leur colère.
Ce n'est que dans le sien qu'elle peut expirer;
(vers 225 à 227)

Son nom signifie en grec « le gardien de la cité » : il incarne aux yeux d'Andromaque, et des Grecs, la permanence de Troie. Il est le fils d'Hector dont le nom signifie « celui qui résiste ».

De la fidélité...

Les personnages doivent et veulent être fidèles aux héros qui ont combattu pour ou contre Troie, dans une guerre de dix ans qui s'est terminée depuis environ un an.

- Andromaque, par fidélité à son époux bien-aimé Hector, doit, pour son fils, perpétuer le passé, la tradition, mais sans orgueil vindicatif : « qu'il ait de ses aïeux un souvenir modeste » (v. 1121).
- Les autres, les Grecs, par fidélité à leurs glorieux pères, à leur nation (Hermione a été promise à Pyrrhus par Ménélas, Oreste est l'ambassadeur des Grecs) sont liés par le sang et/ou la parole à un devoir, à une loi qui les dépassent, les aveuglent, les écrasent.

... à la trahison

Mais ces rejetons illustres font une autre guerre que leurs pères : aux violences des combats héroïques succède chez eux la violence de passions trop humaines. Le feu n'est plus que l'expression métaphorique de leur amour : les mots « flamme »,

« ardeur », « brûler »... reviennent sans cesse dans leurs joutes. Leurs « stimulants » sont la jalousie, la haine, l'amour-propre ; leurs armes, la parole, le chantage, le regard ; et, à l'issue de leurs affrontements, il y a la solitude, la folie, la mort. S'ils sont prêts à rallumer les feux d'une « nouvelle guerre de Troie » (Pyrrhus, v. 229-230, 285 ; Hermione, v. 564 ; Phœnix, v. 630-632 : Oreste, v. 1158-1162), leurs élans sont dérisoires, sans suite. Bien plus, ils les conduisent à la trahison :

– Oreste est tenté de trahir les Grecs et sa mission (v. 93-94) ;
– Pyrrhus prendrait fait et cause, contre les Grecs, pour le fils d'Hector, sur un seul mot d'Andromaque (v. 327-328) ;
– Andromaque échappe à cette déchéance. Si l'on admet que sa « coquetterie vertueuse » (III, 6) est rendue nécessaire par la situation, qu'elle est « diplomatie instinctive », comme le dit J. Pommier, elle reste fidèle à sa foi, et, seule dans la tragédie, incarne la « stabilité » (selon le mot de J. Rohou). Aussi est-elle légitimement épargnée. Encore ne doit-elle son salut qu'à l'assassinat de Pyrrhus par les Grecs.

La prise de Troie. Peinture sur vase trouvée à Naples.

AMOUR

•

Dans l'univers chevaleresque et courtois, c'est un dévouement total (parfois récompensé), lié à l'admiration, à l'estime (ex. Pauline et Polyeucte), et cela jusque dans le théâtre de Corneille chez qui il ne détourne pas les héros de leur gloire et peut même y contribuer. Chez Racine, il est passion, c'est-à-dire souffrance, tant de celui qui aime que de celui qui est aimé. Chacun aime qui ne l'aime pas (Oreste, Hermione, Pyrrhus) ou ne peut répondre à son amour (Andromaque), et l'avidité du désir est à la (dé)mesure de la frustration. Contrarié, l'amour/passion, parfois lié à l'amour-propre (Hermione), provoque le dépit (Hermione, Pyrrhus), la jalousie, et son corollaire, la haine destructrice, tant de soi que de l'être aimé (Oreste, Hermione). Le seul amour « pur » est l'amour maternel qu'Andromaque éprouve pour son fils ; il lui inspire une adroite diplomatie et la pousse au sacrifice. Cet amour-là est le seul qui ne soit dangereux que pour celle qui l'éprouve. En cela, on peut opposer Andromaque aux « mères furieuses » que sont Agrippine, Athalie, ou Cléopâtre dans la *Rodogune* de Corneille.

DIEUX ET DIEU

•

Les dieux païens dont Oreste fait l'amer procès sont coléreux et cruels et dictent leur volonté (parfois arbitraire, souvent incompréhensible) ou leurs caprices : voir leurs interventions dans la guerre de Troie ; la fatalité n'est que ce qu'ils ont arrêté, « dit » (sens du mot latin *fatum*). Derrière eux apparaît déjà le Dieu de la Bible, inexorable et caché. Ces dieux frappent les orgueilleux (Pyrrhus ou Hermione) coupables de démesure (l'*hybris* des Grecs), comme les faibles (Oreste). Ils n'épargnent ici – en apparence seulement – qu'Andromaque (néanmoins condamnée à vivre avec un mort) qui recommande à son fils l'humilité, pour ne pas dire la résignation (v. 1119-1121).

FATALITÉ

•

Les personnages de Racine ne sont pas maîtres de leur destin : ils le portent en eux, dans leur sang, parfois même inscrit symboliquement dans leur nom (voir p. 154) ; ils s'en font les instruments pour se révolter ensuite contre lui, ou s'y soumettent avec une sorte de délectation masochiste en rejetant toute responsabilité sur les dieux (Oreste, v. 1614-1620). C'est avec *Phèdre* que Racine montre de façon la plus aboutie cette marche inexorable du destin et ses liens avec la passion dont il est à la fois l'instrument et l'issue.

FAUTE

•

Dans le règne du « cœur mauvais », conscients parfois de la déchéance qui les menace, certains peuvent ressentir des remords (ainsi Pyrrhus ne s'enorgueillit-il pas de ses exploits sanglants lors de la prise de Troie) et éprouver le besoin de se racheter : mais c'est alors en se rendant coupables d'une trahison, de la transgression d'un interdit. Oreste, lui, marqué par la faute (le parricide), se complaît dans la culpabilité, la recherche même (son « innocence [lui] pèse ») pour masquer sa pusillanimité ou pour « sauver Dieu » en une sorte de « rédemption inversée » (R. Barthes). On retrouvera cette obsession chrétienne de la faute, par exemple chez Rousseau (particulièrement dans les *Confessions*), ou chez Baudelaire.

FIDÉLITÉ

•

La fidélité d'Andromaque à son époux disparu, Hector, entre en conflit avec le désir de sauver leur fils. Le dilemme entre ces deux amours, également (dés)intéressées, pousse Andromaque à faire preuve de diplomatie, voire de « coquetterie », sans briser à aucun moment sa solitude, et lui inspire finalement son sacrifice.

Cette fidélité farouche, qui au besoin a recours à la ruse, rappelle celle de Pénélope, épouse d'Ulysse, tenant à distance ses prétendants en défaisant la nuit la tapisserie qu'elle fait le jour, et dont l'achèvement doit marquer la fin de sa résistance. Sinon, les exemples littéraires de fidélité conjugale sont rares, peut-être parce que, très longtemps, amour et mariage n'ont guère coïncidé. Dans *Tristan et Iseult* et *Le Chevalier à la charrette,* la fidélité est coupable, extra-conjugale ; celle de la princesse de Clèves, dans le roman de Mme de Lafayette, est surtout formelle.

FOLIE

•

La passion est souffrance. Tous les personnages d'*Andromaque souffrent et ont des comportements pathologiques : Oreste,* bien sûr, mais aussi Hermione qui a des accès de fureur sanguinaire, et jusqu'à Andromaque : ses visions hallucinées (III, 8) montrent que sa raison peut vaciller.
Le fou ne s'appartient plus (voir l'étymologie des mots « aliéné », « dément », « forcené ») ; pour cela, il est le sujet tragique par excellence : « Jupiter rend fous ceux qu'il veut perdre » (La Fontaine). Voir les descriptions du « monstre naissant » qu'est Néron dans *Britannicus,* des personnages de Shakespeare (*Le Roi Lear, Macbeth, Hamlet,* etc.), Dostoïevski *(L'Idiot),* ou du héros du *Horla* de Maupassant.

HÉROS

•

« [...] à une grande vanité près, les héros sont faits comme les autres hommes. » La Rochefoucauld, *Maximes,* XXIV.
Dans *Andromaque,* les valeurs héroïques se révèlent n'être qu'illusion :
– la noblesse de la guerre a fait place à un carnage ignoble ;
– le « dévouement » de l'amour courtois a fait place à un « désir jaloux, avide, s'attachant à l'être aimé comme à une proie » (P. Bénichou, *Morales du Grand Siècle*) ;
– la loyauté, la fidélité à des traditions ont fait place à l'égoïsme des passions et des intérêts.
Cette désillusion de Racine a été nourrie du spectacle de son temps, où les héros chevaleresques de la féodalité ne sont plus que des courtisans intrigants, et du pessimisme de la vision janséniste d'un monde condamné à la déchéance (voir p. 140).

MORT

•

Présente tout au long de la tragédie, elle sert à la fois pour camper l'arrière-plan (morts de la guerre de Troie, ombre d'Hector, meurtres d'Oreste), l'action (les Grecs demandent la mort d'Astyanax, Andromaque n'imagine que son suicide pour résoudre son dilemme et sauver son fils sans trahir son époux) et le dénouement (meurtre de Pyrrhus, suicide d'Hermione).
Si le thème est largement présent dans toute la littérature, et si le dénouement de la tragédie lui est toujours lié, la mort est dans *Andromaque* utilisée à la fois comme décor, comme acteur et comme issue.

LES GRECS

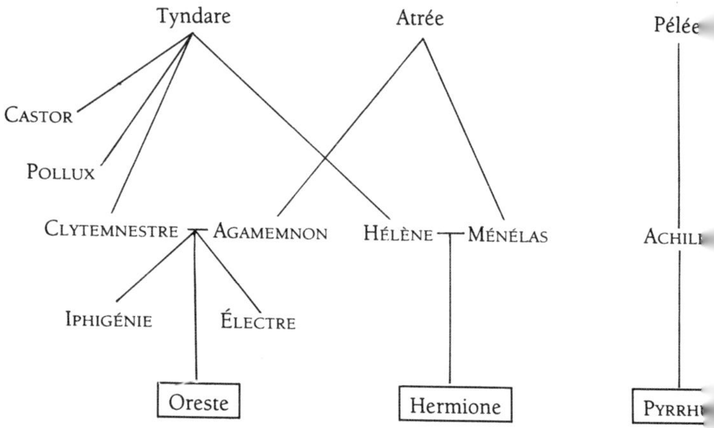

Achille : fils de Pélée, un mortel, roi de Thessalie et de la nymphe Thétis, ce qui lui vaut le surnom de « divin Achille ». Principal héros de l'*Iliade*. Il est le père de Pyrrhus.
Agamemnon : roi de Mycènes et d'Argos, fils d'Atrée et d'Anaxibie, frère de Ménélas. Chef suprême des Grecs pendant la guerre de Troie, il sera assassiné à son retour par sa femme Clytemnestre.
Apollon : dieu de la lumière, fils de Zeus et de Léto. Partisan des Grecs pendant la guerre de Troie.
Argos : ville grecque du Péloponnèse.
Astyanax : fils d'Hector et d'Andromaque, précipité par Pyrrhus (ou Ménélas) du haut des remparts de Troie.
Athéna : fille de Zeus, divinité de la raison mais aussi déesse guerrière, elle prend parti pour les Grecs pendant la guerre de Troie. Protectrice d'Oreste en plusieurs circonstances.
Buthrote : ville d'Épire.
Cassandre : fille de Priam et d'Hécube. Elle reçut d'Apollon le don de prédiction, mais, comme elle avait repoussé ses avances, il la punit en empêchant quiconque de croire à ses avertissements. À la chute de Troie, elle échut en partage à Agamemnon.
Clytemnestre : sœur d'Hélène, de Castor et Pollux, épouse d'Agamemnon, mère d'Iphigénie, d'Électre et d'Oreste. Elle tue avec l'aide de son amant Égisthe, son époux, à son retour de Troie. Oreste le vengera en la tuant.
Égisthe : de la famille des Atrides ; amant de Clytemnestre. Il sera tué par Oreste.

LES TROYENS

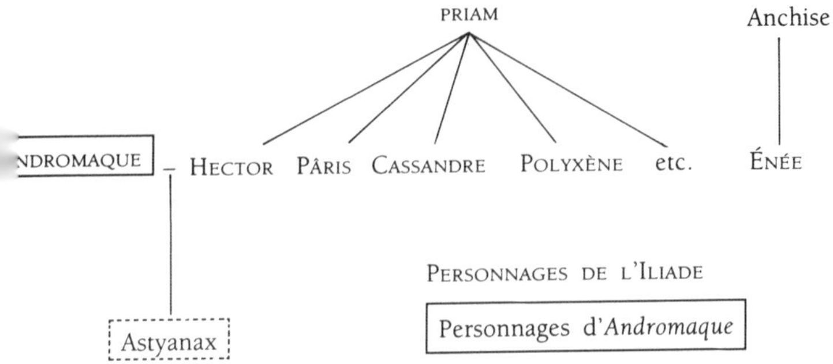

Électre : fille d'Agamemnon et de Clytemnestre. C'est elle qui pousse Oreste à venger leur père en assassinant Clytemnestre et Égisthe.
Épire : royaume grec, au sud-ouest de la Macédoine.
Hécube : épouse de Priam, mère d'Hector.
Hector : fils de Priam et d'Hécube, époux d'Andromaque. Vaillant guerrier troyen, tué par Achille.
Hélène : fille de Zeus et de Léda, femme de Ménélas, sœur de Clytemnestre, Castor et Pollux, mère d'Hermione. Son enlèvement par le troyen Pâris est à l'origine de la guerre de Troie.
Iphigénie : fille d'Agamemnon et Clytemnestre, sœur d'Oreste. Son père la sacrifia à Artémis pour obtenir la bienveillance des dieux qui retenaient à Aulis la flotte grecque en partance pour Troie.
Ménélas : roi de Sparte ; frère d'Agamemnon ; époux d'Hélène, père d'Hermione.
Phoenix : gouverneur d'Achille, à qui il a enseigné l'art des armes, puis de Pyrrhus.
Phrygie : région du nord-ouest de l'Asie Mineure.
Polyxène : fille de Priam. Immolée par Pyrrhus sur la tombe d'Achille.
Priam : roi de Troie, père d'Hector, Pâris, Cassandre, Polyxène, etc.
Scythie : Tauride (actuelle Crimée), habitée par les Scythes, réputés barbares par les Grecs : ils immolaient à leur divinité les étrangers qui tombaient entre leurs mains.
Sparte : ville grecque du Péloponnèse. Ménélas en était roi.
Ulysse : héros grec, roi d'Ithaque, habile orateur, diplomate avisé. Rusé, il imagina le stratagème du cheval pour entrer dans Troie.

LA GRÈCE HOMÉRIQUE

abord (d') : a souvent le sens de dès l'abord
admirer : s'étonner
amant(e) : celui ou celle qui aime
amitié : affection, amour
appareil : escorte

cependant : pendant ce temps-là
charme : puissance magique, envoûtement, sortilège
conduite : façon dont se conduit une personne *ou* dont on la conduit (v. 1253)
confus : fortement troublé, embarrassé (v. 743)
conjuré : ligué
cœur : parfois, courage
conseil : résolution ou dessein
content : satisfait
coup : action ou entreprise hardie. Le mot est noble.
«encore un coup» : une fois encore (v. 1158)
courage : souvent, cœur

démons : esprits, divinités (bon (ne)s ou mauvais(es) - v. 1636)
déplaisir : désespoir, douleur violente
déplorable : digne de pleurs, de compassion

éclater : employé seul : manifester avec éclat un sentiment (v. 1301)
effet : résultat
en effet : en réalité
ennui : violent chagrin, tourment
épris : peut s'appliquer à d'autres passions que l'amour (v. 51).
événement : issue, accomplissement, succès

fers : liens de l'amour.
feu(x) : amour, passion amoureuse
fier : orgueilleux, farouche, insensible
flamme : amour
flatter : entretenir dans l'illusion

foi : fidélité à un engagement (v. 1075)
fortune : sort, destin
funeste : fatal, mortel
fureur : *folie, égarement*

garder : prendre garde que (v. 801, v. 1387)
gêner : torturer
généreux : qui est bien né et a de nobles aspirations
gloire : réputation
haine : peut ne signifier qu'indifférence

infidèle : déloyal
ingrat : qui ne répond pas à l'amour qu'on lui porte
inhumaine : femme qui ne répond pas à l'amour qu'on lui porte
injure : injustice
inquiet : qui ne connaît aucun repos

maîtresse : femme que l'on aime
mélancolie : humeur noire, tristesse morbide
ménager : employer utilement, conduire avec adresse
misère : malheur, désespoir
nœud : lien

objet : personne (femme surtout) aimée
opprimer : abattre, tuer (v. 1209)
parricide : régicide (v. 1534 et v. 1574) ou crime commis contre son père, sa mère, un bienfaiteur...
perdre : faire périr
pousser : exprimer avec force (v. 35)
presser : se montrer pressant
prévenir : devancer
protester : promettre en s'engageant par serment
province : État

révoquer : désavouer, démentir
sang : parfois, race, lignée
sans doute : sans aucun doute
séduire : égarer, tromper
servir : être esclave
soin : souci
succès : résultat, issue [heureux(-se) ou malheureux(-se) v. 647 et v. 1022]
témoin : témoignage, preuve
transport : peut s'employer seul pour désigner un mouvement violent de l'âme.
triste : sens fort, sombre, funeste
vœux : amour, désir amoureux

PARTICULARITÉS GRAMMATICALES DE LA LANGUE DE RACINE

amour : peut-être masculin ou féminin, tant au singulier qu'au pluriel (v. 462).
que : peut avoir le sens de « si ce n'est » (v. 366) ; adverbe interrogatif : peut avoir le sens de « pourquoi » (v. 507).
où : peut être au XVIIe siècle employé à la place d'un relatif précédé de *à* (à qui, auxquels...) ou *dans* : v. 18... « Cette mélancolie *où* j'ai vu » : dans laquelle.
autre : *un* autre : a parfois une valeur neutre et désigne une femme aussi bien qu'un homme (v. 1378).
le passé composé ou *l'imparfait* (des verbes pouvoir et devoir) peuvent s'employer avec une valeur de conditionnel : « n'a-t-on pu » n'aurait-on pu (v. 207) « devait » : aurait dû (v. 1348).
l'indicatif se rencontre parfois là où nous utiliserions le subjonctif : « Ne vous suffit-il pas que je l'*ai* condamné » (v. 1188).
Cet indicatif exprime l'affirmation très forte d'une réalité, comme « demande » (v. 1190), « est » (v. 1191), « hais » et « aimai » (v. 1192).
accord des participes : le participe présent, aujourd'hui invariable, pouvait au XVIIe siècle s'accorder
– en nombre : « Songe aux cris des mourants sous le fer expirants » (v. 1004) ;
– et même en genre : « Que la veuve d'Hector pleurant*e* à vos genoux » (v. 860).
construction : certaines tournures, très elliptiques, seraient jugées aujourd'hui grammaticalement irrégulières :
« Je t'aimais inconstant, qu'aurais-je fait fidèle ? » (v. 1365) = je t'aimais alors que tu étais inconstant, qu'aurais-je fait *si tu avais été* fidèle ?
– « soit que... ou » : on peut rencontrer cette expression de l'alternative (v. 1194) par ailleurs fréquente au XVIIe siècle et chez certains écrivains postérieurs.
– *prépositions* : leur emploi s'est modifié depuis le XVIIe siècle. Ainsi peut-on rencontrer « sur » (v. 1258), « de » ou « d' » (v. 443-1344) là où nous utiliserions « à ».

(Entre parenthèses : une occurrence faisant exemple)

allitération : répétition d'un même son consonantique

antithèse : figure de style qui oppose fortement deux idées, deux mots contraires (v. 1278)

apostrophe : figure par laquelle on interpelle un personnage présent ou absent (v. 1029)

assonance : répétition d'un même son vocalique

césure : repos, à l'intérieur d'un vers, entre deux groupes rythmiques (Bénac)

chiasme : reprise en ordre inverse, croisé, de deux termes ou idées : A-B-B'-A' (v. 198)

diérèse : prononciation en deux syllabes distinctes d'une syllabe habituellement prononcée en une seule émission (pas-si-on)

distique : groupe de deux vers ayant une unité de sens

ellipse : suppression d'un ou plusieurs mots grammaticalement nécessaires (v. 1365)

harmonie imitative : association de mots dont les sonorités suggèrent l'idée qu'ils expriment (v. 1638)

hémistiche : chacune des deux moitiés d'un vers coupé par la césure

hyperbole : figure qui consiste à adopter une formulation amplifiée, exagérée, pour frapper (v. 972)

métaphore : figure de style qui établit implicitement (sans termes comparants) une relation d'identité ou de similitude entre deux éléments étrangers l'un à l'autre (v. 865)

périphrase : figure qui consiste à exprimer par plusieurs mots ce qui pourrait l'être en un seul (« la veuve d'Hector » pour Andromaque)

stichomythie : dialogue accéléré dans lequel les interlocuteurs se répondent vers à vers (v. 890-893 et v. 1172-1173)

synérèse : prononciation en une seule syllabe de sons articulés habituellement en deux syllabes (antonyme de diérèse)

Crédits photographiques : p. 4 : *Portrait de Racine*. Photographie Hachette. p. 8 : *Frontispice de l'édition de 1676 des Œuvres de Racine, t. I, gravure et dessin de François Chauveau. Bibliothèque de la Comédie-Française*. p. 9 : *Frontispice de l'édition originale de 1668 d'Andromaque*. Photographie Bibliothèque Nationale. pp. 35-37 © Hachette. p. 48 : Photo G. L. Manuel Frères, photothèque Hachette. p. 51 : *Jean Marais joue Andromaque en 1944*. Photo Serge Lido. Photothèque Hachette. p. 56 : Photo Giraudon. p. 72 © Brigitte Enguerrand. p. 74 : Agence de Presse Bernand. p. 80 : *Claude Winter (Céphise) et Geneviève Casile (Andromaque) dans une mise en scène de Patrice Kerbrat. Comédie-Française, 1982*. © Marc Enguerrand. p. 90 : © Hachette. p. 101 : *Gravure de Charles Du Bosc d'après un dessin de Louis Cheron, en frontispice d'Andromaque. Bibliothèque de la Comédie-Française*. Photographie Hachette. p. 107 : *Gravure de Le Barbier illustrant la mort de Pyrrhus. Biliothèque Nationale, Estampes*. Photographie Hachette. p. 115 : Photographie Studio Lipnitzki. p. 119 : Photographie Jean-Loup Charmet. p. 123 : Photographie Agostino Pacciani/Enguerand. p. 131 : *Béatrice Dussane joue Andromaque à la Comédie-Française*. Photographie Hachette. p. 136 : Photographie Pic. p. 144-145 : *Le cheval de Troie. Illustration de pièce de théâtre (XVIIe et XVIIIe siècles). Bibliothèque de la Comédie-Française*. Photographie Jean-Loup Charmet. p. 150 : Photographie Hachette.

BIBLIOGRAPHIE

Sur le XVIIe siècle

A. Adam, *Histoire de la littérature française au XVIIe siècle*, tome IV, Domat-Del Duca, 1954.

P. Bénichou, *Morales du Grand Siècle*, Gallimard, 1948, rééd. en coll. « Idées », 1969.

L. Goldmann, *Le Dieu caché*, Gallimard, 1956.

V.L. Tapié. *Baroque et classicisme*, livre II, chapitre IV, « Classicisme et baroque français », Plon, 1957.

J. Truchet, *La Tragédie classique en France*, 1975. 2e éd. P.U.F., 1989.

Sur Racine

F. Mauriac, *La vie de Jean Racine*, Plon, 1928, rééd. en coll. « 10-18 ».

R. Picard, *La Carrière de Racine*, Gallimard, 1961.

J. Rohou, *Racine* (biographie), Fayard, 1992.

J. Pommier, *Aspects de Racine*, Nizet, 1954.

R. Barthes, *Sur Racine*, Le Seuil, 1963.

L. Goldmann, *Racine*, L'Arche, 1956, rééd. en 1970.

P. Moreau, *Racine*, Hatier, 1968.

J.J. Roubine, *Lectures de Racine*, A. Colin, 1971.

J. Scherer, *Racine et/ou la cérémonie*, P.U.F., 1982.

J. Starobinski, *L'Œil vivant* : « Racine et la poétique du regard », Gallimard, 1961.

J. Rohou, *L'Évolution du tragique racinien*, SEDES, 1991.

C. Mauron, *L'Inconscient dans l'œuvre et la vie de Racine*, Gap, Ophrys, 1957.

Sur Andromaque

D. Mornet, *Andromaque de Racine*, Mellotée, 1947.

Sur les personnages historiques et/ou légendaires

G. Hacquard, *Guide mythologique de la Grèce et de Rome*, Nouvelle édition Hachette, 1990.

Imprimé en France, par l'imprimerie Hérissey à Évreux (Eure) - N° 104558
Dépôt légal 04/2007 - Collection N° 10 - Édition N° 02
16/9302/7